集英社オレンジ文庫

今日は天気がいいので
上司を撲殺しようと思います

夕鷺かのう

本書は書き下ろしです。

Contents

イラスト／くろのくろ

今日は
天気がいいので
上司を
撲殺しようと
思います

今、こいつをぶっ殺せたら、さぞ気持ちいいんだろうなあ。

一日に数度は、そう思う瞬間がある。

たとえば、デスク脇のキャビネットまで、大きな分厚いファイルを取りに行く時。過去の資料がぎっしり詰まってなかなかの重さになったそれを、高いところから下ろしがてら、

「手が滑りました」という体裁を装って頭に直撃させる、とか。相手の机の位置的にも、なかなかいい線だと思うんだけども。

そうしたら、割り損ねた生卵みたいに、ぐしゃりと潰れてくれないだろうか。駄目かな。人間の頭の強度がどれだけあるか知らないし、私もいまだかつて潰れたことはないから。

ねずみ色のキャビネットの傍《かたわ》らにある、岸本《きしもと》係長の席にちらりと視線をやりがてら、私
——加古川玲美《かこがわれみ》は、小さくため息をついた。ちなみに直視はしない。可能な限り見たいものではないからだ。

ああ、そろそろかな、なんて思いながら。

「加古川さん。ちょっといい？」

——来た。

私はため息をつき直すと、のろのろと自分のデスクから立ち上がり、同じ業務ラインの端にある岸本係長の机まで歩いていった。

歳《とし》は四十を過ぎたという岸本暁仁《あきひと》係長は、異様に外見が若々しく、まだ三十代の半ばといっても通用するくらいだ。すらりとした長身にパリッと着こなしたダークグレーのジャケットといい、リキッドでおしゃれにつんつんと上向かせた頭髪や人好きのしそうな優男風の顔立ちといい、世間的には一応、今風のイケメンに分類されるのだろう。しかし、私の目には、薄笑いを浮かべた三白眼《さんぱくがん》の悪魔に映る。

「この決裁さぁ。資料綴《と》じる順番くらい、どうにかならない？」

私がすぐ後ろに立つのを待ちかねていたかのように、彼は、机に頬《ほお》杖をついたまま顔も上げずに一言を落とした。

「申し訳ございません。ええと、どうにか、とは……」

口ごもる私に、彼はぴしゃりとかぶせてくる。

「すごく見にくいんだよねぇ」

「……申し訳ございません」

「別に謝罪を聞きたいわけじゃないよ。これ、何か意味があってやってるの？　ちょっと説明してもらっていい？」

「ええと、こちらの資料を読んでいただいてから、あとにこれを……」

「は？」

たどたどしい説明は、半ばで無理やり断ち切られた。

「だぁから、つける資料も多すぎ。いらないものありすぎって言ってるの、おれは。何でもかんでも、きみの作業順に並べられても、正直こっちは知ったことじゃないし。普通はもっと見る相手のことを考えて綴じるんだよ。常識でしょ？　で、なんでこういう順番なの？　誰に習ったの？」

それを、さっき説明しようとしたところで遮《さえぎ》ったのは、どこの誰だ。

第一、……決裁の綴じる順番のことなんて、誰からも教わったことはない。だから、過去のファイルを見ながら、それに従って、然《しか》るべきものを順番通りつけて処理していた。

「その、ですから、……前任者の決裁ではそうなっていて、……」

「誰かに直接訊《き》いたの？」

「……いいえ」

なお、「周りはみんな忙しいんだから、いちいち先輩に訊いていないで業務ファイルから勝手に読みとって作業を進めろ」は岸本係長の口癖だ。もちろん、それも黙って呑《の》みこむ。

何も言えない私を、彼は鼻で笑った。

「へーえ？　誰にもチェックしてもらわないで、独断で勝手に作ったものを、おれのところに持ってきたわけ？」

「……はい」

本来はきっと、事前に誰かに確認してもらって、これで大丈夫か訊かないといけなかったのだろうけれど、――全員が膨大《ぼうだい》な量の仕事に忙殺されているこの職場で、そんな基本的な質問をすれば、誰もが嫌な顔をするのは目に見えていたからです。

でも、そんなのは全部、聞き苦しい言い訳……なんだろうな、と自分でも思う。

こちらの様子をじろりと見やると、「はーぁ」と係長は聞こえよがしにため息をつき、肩を竦《すく》めた。

「新入社員なら仕方ないってのもあるけどさあ。もう半年だよね？　いつまで新人気分でいるつもり？　困るんだよねぇ、いい加減、慣れてくれないと、うちも忙しいところだってのは知ってるでしょ？」

知っているも何も。

――昨日と一昨日は家に帰っていない。

データの処理が終わらなくて。でも、みんな作業量は同じだし、小さなお子さんがいる先輩に無理も頼めなくて。三日分の汚れをため込んだ自分の身体《からだ》からは、動物園のフラミンゴの臭いがしている。

「加古川さん、K大だろ。いいとこ出てるみたいだけど、何習ってきたの。人事もさあ、見込み違いもいいとこだよね」

それから、つらつらと私の決裁をはじめ、学歴や普段の仕事ぶりをあげつらったりと、彼の叱責《しっせき》は続く。こういう時、学歴のことをだしにするのお好きですよね、と私は心の中で相槌《あいづち》を打った。

永遠にも感じられる時間のあと、「読む気もしないからやり直して」と、徹夜で仕上げた決裁は突き返された。駄目押しに「言っとくけど、それ急ぎだってわかってる？」とおまけがついてくる。

「わかり、ました」

できるだけ顔を見ないように頷《うなず》いたが、視線を上げた時に、彼のにやけた口許《もと》だけが目に入る。

――急ぎなんだったら、無駄なイヤミ言ってないで、とっとと解放してくださいよ。

毎度喉元《のど》まで出かかるのだが、やはり言えたためしはない。仕事ができずに迷惑をかけているのは私なのだし、口に出したが最後、何倍にもなって跳ね返ってくるのは目に見えていた。

そして、もうひとつ。

「加古川さんさぁ、……ツアープランニングの事業部に行きたいんでしょ？」

ありとあらゆる皮肉を特盛りに盛ったあと、彼が必ずかけてくる、滅びの呪文があるのだ。

のろのろと彼に会釈《えしやく》して自分の席に戻ろうとする私の背に、やはり、ことさらゆっくりと含みを持たせるように放たれた、そのとどめの一言が突き刺さった。それこそが、私が絶対に彼に逆らうことができない、一番の理由。

「あそこはねぇー、わが社でもトップ中のトップクラスの人材しか行けない、超花形なんだよねぇー。次に人事から募集が来て、うちの課から誰かを推《お》すにしたって、ホントに仕事できる人しか、無理だからね？　わかってる？」

——ええ、知ってますよ。

当たり前でしょう。

あなたから、もう耳にタコができるくらい聞きましたから。知っているから、何も言い返さないんじゃないですか。

あなたこそ、それがわかっているから。好き放題、私のことをサンドバッグにできるくせに。しらじらしいですよ、ねえ係長。

頭の中で言葉が渦を巻く。けれど、声にする前にそれらはすべて呑み下し、代わりに血が出るほどに、唇を嚙《か》む。

「申し訳、ございません……」

結局、繰り返すのは同じ謝罪だ。

情けなくて、恥ずかしくて、消えてしまいそうになる。

けれど。

どうしてこんなに仕事がうまくいかないんだろうか、私が悪いんだろうかと思い悩む、自罰的《じばつてき》な段階はとうに終わり、今はもう、この男への殺意しか湧いてこない。

こうして、吊るし上げるように他の部下たちの前で叱責されるのも、もう慣れっこになってしまった。

そういえば、聞こえていないはずはないけれど、同僚たちはどう思っているんだろう。馬鹿《ばか》だなあ、そのくらいうまくやれよと思っているのか。それとも、かわいそうにと、少しでも思ってくれているのか。

そもそも、何も感じていないのか。

ふと周囲を見まわしてみると、彼らは一様に、ことさら作業に没頭しているふうを装っている。

すぐ傍らに、必死にこちらを見ないように俯《うつむ》く小林《こばやし》さんのつむじが見えた。三十半ばの働き盛りで、専業主婦の奥さんと一歳になったばかりの可愛《かわい》い子供さんのいる、小林さん。家族写真が隅《すみ》に飾られた机に、頭をめりこませるように丸められた彼の背中が、私と関わりたくない、余計なもめ事に巻き込まれたくないと、言葉よりも雄弁に語っている。

同期で年齢も近いということで岸本係長とも気やすく接し、とくに最近は婚活中だといってよくいじられて苦笑している、井坂《いさか》さん。彼も、もちろん係長との関係を崩したくはないだろう。そうこうするうち、彼はあからさまに顔を俯けたまま席を立ち、そのまま手元の書類を凝視しながらコピー機へと向かってしまった。

……誰とも、目が合わない。

ああ、またやっている。たぶん、彼らにとってはその程度の感想しかないだろう。それぐらい、毎日の光景。

私たちの業務ラインは、たった四人。机が四つ寄せ集まった小さな島で、私たちが島民ならば、いわば島長《しまおさ》が係長にあたる。他の島民たちが、どうやってこの長と折り合いをつけているのか、それからしてもうわからない。

表情も変えずにパソコンに向き合ったまま、黙々と己《おのれ》の仕事をこなす同僚たちの傍らをすり抜けて、自分のデスクに戻る。

――申し訳ございません、か。

空虚な謝罪。まるで、自分がそう口にするしかプログラムされていない、ロボットにでもなった気分になる。

誰も助けてくれなくても、仕方ない。それもよく知っていた。

なぜなら、島長の決定は絶対なのだ。

たった三人の島民は、私の次に誰が村八分になるのか、この島を出たあとにどこに飛ばされることになるのか。

すべての命運が、島長の意向ひとつにかかっているから、だ。

＊

私の会社は、そこそこ名の知れた旅行代理店である。

去年、つまり私がまだ大学四年生の夏、——かつてに比べれば過酷さがいくぶん和《やわ》らいだという就活戦線だが、この会社の総合職大卒枠を狙う応募数はなかなかのものだった。

「志望者の倍率、百倍以上だって……。しかも、他にも入れそうなところと、いくつも面接の日程が被ってるし。一点突破狙うなんて、私、無謀だと思う？」

就活のさなか、不安になって相談した彼氏には、「だぁいじょうぶだって」と笑い飛ばされた。

「玲美ならいけるって。向いてるんじゃない？　玲美はさ、旅が好きなんだから。そしたらさ、おれにおすすめのツアー組んでよ」

高校のころから付き合ってきた彼氏は、その時すでに堅実な鉄道会社に就職が内定していて、心の余裕があったのだろう。何を軽く言ってくれるのかという思いもあったが、結果的に、私はその戦いには勝ったのだ。

旅行が好きで、自分の好きな土地を紹介するのも好き。

誰かの特別なひとときを演出する仕事ができたら——そう思っていた私にとって、この会社はうってつけで。内定を得た時は、まさに天にも昇るような心地だった。

様子が変わってきたのは、入社式や新人研修が終わって配属も決まった、しばらくあと。割り振られたのは、会社のＰＲホームページを作る業務ライン。もちろん、私がずっとやりたかった、旅行プランを作る部署ではない。

でも、最初から行きたいところに行けるなんて思っていなかったし、新卒ふぜいが、いわば花形にあたるプランニングだなんて、最初から携《たずさ》われるわけはないし。

そう思って、だから、……逆に今がふんばりどころなんだと思うようにした。

ここで頑張って実績を残したら、いつか、希望の部署に配属してもらえるかもしれない。憧れの旅行プランの仕事ができるかも。

――さらに。

「ここはさ、登竜門なんだよね」

と、最初に顔を合わせた時、「おれが、きみの直属の上司になる岸本暁仁だよ」と自己紹介がてら、係長は私に言ってみせた。

「なんていうか、誰でも来れる部署じゃなくてさ。これから花形仕事をしてもらえるような、見込みのありそうな新入社員を配属して、様子見をするところなんだ。普通の子は、はじめは営業窓口とかコールセンターとか、だいたいお客様の対応をやらされるからね。加古川さんがここに来たってことは、きみがそれだけ期待されてるってことだから」

「本当ですか」

私が顔を輝かせると、「もちろん」と彼は深く頷いた。

「とくに加古川さん、K大なんてすごいじゃんか。人事も期待してるんだよ。うちのエースになってくれたらいいなってね！」

自信を持っていいよ、と。片目を瞑《つむ》って、にっこり笑ったその顔は、ドキッとするくらい爽《さわ》やかで人懐っこく。「こんなカッコいい人が初めての上司なんてラッキーだな」なんて呑気《のんき》に思うくらいに、当時はきちんとイケメンに見えていたような、……気はする。

彼は最後にこう付け加えた。

「そうそう。うちのラインは、新人だからって差別したりしないよ。むしろ、自由な発想でいろんな意見を聞きたいから、ミーティングの時はぜひ積極的に発言してね」

それからしばらくの間、係長とは、なんとなく反《そ》りが合わないかも……と感じる瞬間はあったものの、そんなことはお互い様だしと思える範囲だった。

他に気がかりといえば、飲み会などで「K大の法学部だって？　どんな感じだった？」「K大の人なんてなかなかお目にかかれるもんじゃないし、いやーおれ尻ごみしちゃうよ」と、やたら出身大学を持ち出されるのも、あまり好きではなかったが、世代の違う者同士で話題にすることなんてそれぐらいしかないのかもしれないし……と、つとめて気にしないようにしていた。

そんなこんなで最初の一カ月は、前任からの引き継ぎでめまぐるしく時間が過ぎた。毎晩、残業続きで終電帰りばかりだったけれど、それでも充実して感じられた。

少しずつ慣れてくると、いろんなことがしてみたい、と思うようになっていく。

ホームページのことは初心者だし、まだまだ知識だって足りないけれど。モルディブやタヒチの青い海を背景にした、わが社の公式ページのトップを眺めながら、私はいくつもの案を夢想した。

たとえば。このサーフボードが浮かぶ波が、背びれを見せて泳ぐイルカたちが、ページを開いた途端に、ゆったりと動いたらどうだろうか。同時に、南国の明るいムードの音楽が流れ出したら?

トップページデザインの変更なんて、直接は社の利益に繋《つな》がらない企画だし、遠慮したほうがいいだろうか……と迷いはした。けれど、利用者アンケートにたびたび寄せられる『トップページが使いにくい』『せっかくのトップなんだから、もっと旅行意欲をかきたてられるオシャレなものであってほしい』というお客様のご意見も、やっぱりリニューアルしたほうがいいんじゃないか、という気持ちに拍車をかけた。なにせアンケートは、係長はもちろん、同僚たちもみんな見ているはずなのに、いざ会議になっても誰も何も言わないのだ。

初心者向けのホームページ作りの本を何冊も買って、寝る間も惜しんで勉強して。彼氏と一緒に過ごせる休日は減ったけれど、今の私にできることを探したかった。企画を練る時間は、そのぶんプライベートの自由な時間を圧迫したけれど、それでも、想像を膨らませるたびに心が躍《おど》った。

「わが社のホームページのトップをリニューアルしたいんです」

ある日の会議で、私はとうとう自分の考えを口に出してみた。

その日、終わらせるべき議題はつつがなく消化されて、自分の仕事の報告だけをそっけなく済ませて。いつも味気なく終わる業務ラインミーティングで、最後に、「各自なにか伝えておきたいことは？」と係長に言われる瞬間を、私は待ちかまえていた。

「たとえば、今はタヒチのイメージビジュアルの上に、旅行先や日程のナビゲーションタブを合わせたのがファーストビューになっていますよね。パソコンでは使いやすいけれど、スマホでは見づらいことが多いみたいで。……ええと、だから、スマホに適化するのは至急として、ついでに映画のホームページみたいに、まずはＰＲ動画を流したり写真が回る仕掛けを作ってみたら、見た目にも楽しいいんじゃないかって……」

もし、この企画が通ったら。

実現を急ぎたい焦りのまま、口早に意見をまくしたてながら――今思えば、私はその時、「もし」ではなく、「通ったら」のほうばかりを考えていたのだろう。

人数分の企画書は印刷してあった。早く承諾をもらって、作業にとりかかりたい。なぜなら手配しないといけないものがたくさんある。トップページを発注するウェブデザインの業者のこと。メインビジュアルに持ってくる風景写真や動画のこと……。

「あのさぁ」

勢い込んでしゃべっていた私は、冷水のような声をあびせられて口を止めた。

おそるおそるそちらを見ると、白けた目で、岸本係長がこちらを見ている。

「きみ、新人でしょ？」

「……は、はい」

「そういうの、いいから。直接利益に通じない企画持ってこられてもね。みんな忙しいし」

それじゃ、解散で。

係長の一言を皮切りに、実にあっけなく、会議はお開きになった。当然のようにがたがたと席を立つ係長や同僚たちに、私は混乱した。

「え……あのっ、でもアンケートがたくさん……」

「あのさ！　……ゴメン加古川さん、ちょーっとだけ、いいかな？」

呆然《ぼうぜん》としつつ、それでもどうにか食い下がろうとした私の言葉を遮り、複雑な笑みを浮かべて肩を叩いたのは、すぐ隣の席の井坂さんだ。

彼は廊下に私を手招きすると、周囲に誰の目もないのを確認して、「まずいよ、あれは」とこそこそと告げた。

「えっ？」

「いやね。きみが改修したいって言ったあのトップページ、岸本係長がここに新任で入った時に、えっらい苦労して完成させた会心の作なんだよ。だからその、なんつーか。ちょっと、今のは……」

「そ、そうだったんですか⁉」

まさか、会議の場で、みんなの前で上司の顔に泥を塗ってしまうなんて。入って早々にやらかした痛恨のミスに、私は真っ青になった。

「ど、どうしましょう。私、謝ってきます、係長に」

「いやいやいや、それは待とうよ。もっとヤバい」

慌てて席に戻ろうとすると、さらに慌てた井坂さんに引き留められる。

「考えてもごらんよ。謝ってどうなるもんかなってさ。『あなたの作ったページが時代遅れで見にくくてダサいなんて罵《ののし》ってごめんなさい！　でも、お客さまはみんなそう言ってるし、私も本音なんで許してください』って追い打ちかけてるようなもんだろ、余計みじめになるだけだってば」

「でも」

「ただでさえ加古川さん、K大卒で係長に目をつけられてるんだから」

「……え？」

目をつけられている？　係長に、私が？

何のことだろう、と目を瞬《またた》くと、どうも井坂さんは余計なことを口走ったと気づいたらしい。しばらく頭をガリガリ掻《か》いて迷ったあと、「俺は岸本係長の同期だから知ってるんだけど」と前置きして教えてくれた。

「あの人さ、きみが出たK大の法学部目指して猛勉強して、浪人までして落っこちたらしいんだよな。本人は気にしてないって豪語《ごうご》してるけど、気にしてないならそもそも言わないと思うしで、……」

そうだったのか。……全然、気づかなかった。

たしかに、大学のことをやたら褒めちぎってくるとは思っていたけれど。

自分の鈍さに啞然《あぜん》とする。どう反応していいかわからず黙りこむ私に、井坂さんは焦ったように付け加えた。

「ごめんごめん、変なこと言ったね。仕事なんだしさ、もちろん加古川さんが言ってることも間違いじゃないし、俺らがアンケートを見ないふりしてたのも確かだしで。しょうがないよ。もう何事もなかったかのように席に戻ったほうが得策だって。こういうのは日にち薬ってやつだよ。係長もいい大人なんだし、さっきはちょっとご機嫌ナナメだったけど、そのうち忘れるっしょ」

「は、……はい。ありがとうございます」

たしかに冷静に考えればそうするほかなかったので、私は納得して井坂さんに頭を下げ、自分の席に戻った。

しかし、――結論から言うと、その件が引き金になったのだ。

私に対する係長の態度は、会議の日を境に急変した。

……具体的には、明らかなオーバーワークを強《し》いられるようになってしまった。

単純な業務量の問題だけではない。今まで難なく通っていたような決裁でも、不自然なリテイクが増え、突発的な事務ができれば、分担は決まって私。退社時刻は日に日に遅くなり、終電はやがて泊まり込みになった。昨日は帰っていないし、一昨日もそうだった、

――そんなことが続くようになった。

「仕事が多すぎて回らない？　……あのねえ加古川さん、きみもう社会人なんだよ？　甘えがきくのは大学まで。誰でも、これぐらいやってるからね？　他の人はもっと忙しいんだし、きみのワガママで、今以上に迷惑かけちゃいけないな。みんなちゃんと優秀だから、きちんと時間内に業務を回せているだけ。むしろ、きみ新人だし、今までは気を遣って仕事をわざと少なめにしてあげてたんだよね。そろそろ普通にいろいろできてもいいころだろ？」

勇気を出して、「仕事がちょっと多いのでは」と岸本係長に訴えた時、こんなふうにさらりと流されてしまった。

……本当に？　そうなのかな？　私が甘えているだけ？

実際に仕事に不慣れな自覚もあり、けんもほろろに突き放されると、急に自信がなくなってしまう。だからその時、係長の台詞《せりふ》の言葉尻が含む毒を、気のせいで済ませようとしてしまった。それもよくなかった。

彼を向こうに回して、いなすにも、抗《あらが》うにも、逆に懐柔するにも、とにかく私には場数も機転も足りなさすぎた。あっという間に退路を断たれた私は、いつの間にか、抵抗のすべをすっかり奪われ。理不尽な何もかもを、ただの当たり前にされてしまった。

ああ、間違えたんだろうなあ、と今では思う。

たとえば、いきなり会議の場で発言したりせずに、企画を考えてきてもいいかと、はじめに係長に訊けばよかったのだろうか。

たとえば、同僚たちにまず案を話して、誰かを味方に引き込んでから企画を進めればよかったのだろうか。

言葉をひとつ。手順をひとつ。

過《あやま》ちを積み重ねて、だから、自業自得で。

私は、あまりに——常識知らず、だったのだろう、か。

ひと月を費《つい》やして創りあげたトップページについての私の案は、最後まで話すこともできないどころか、おそらく永久にお蔵入りになるのだろう。

——新人だからって差別したりしないよ。

私が後生大事に抱き、信じていたあの金言は、ただのおためごかしにすぎなかったのだと。自分が輝かしいスポットライトの中にいると思っていたら、その実、照明器具だとすら認識されていなかったことに。

気づくのはあまりに遅かった。


あとはもう、坂を転がり落ちるように、仕事は精彩を欠いていった。

「加古川さんって、そんなこともわからないの？」

それが岸本係長の口癖だ。まずは軽く嘲笑《ちょうしょう》。必ずといっていいほど、あとから「常識でしょ」がついてくる。

もともと彼とは、しばしばセンスが合わないなと思う瞬間はあった。おそらくは、彼も同じ印象を私に抱いていたはずだ。そして、この一件でいよいよ亀裂《きれつ》が決定的になったのだろう。

「もういいよ。きみに期待しても仕方ないか。はー、……K大の法学部ってこんなもんなの？　っていうか、今や、期待できると思ってた時期もあったなぁって感じだしねえ」

だが、あちらは島長で、こちらはいち島民だ。なんの決定権も持たない。

そして、この岸本暁仁という人間は、間違いなく仕事そのものはよくできた。島内でどのタスクが滞《とどこお》っていて、どこが進んでいるか。そういうことに、本当によく目端がきいた。

加えて愛社精神が――多少歪んでいるかもしれないが――極めて強く、わが社の業績や歴史、現状などを逐一《ちくいち》事細かに把握《はあく》している。一番厄介《やっかい》なのは、その同じ精神と知識と技術と経験とを、まったく同質であるよう部下にも求めてくることだ。

同じ熱量、ではない。

質も量も道筋も全部、きっちり、寸分たがわず同じであるように。彼の思考を完璧にトレースするように求めるのだ。

「きみはさ、売り込みたいってやる気だけはやたらあるらしいけど、うちの会社のことどれだけ知ってるの？」

会議のあと、別件で言われた言葉を思い出す。

「この案出してくる前にさあ、あれは調べた？　あ、調べたの。じゃ、他には何やった？　うん、で？　他は？　で？　は－あ……それっぽっちの浅い情報しか漁《あさ》ってこずに、ぺらっぺらの案にハンコつけっておれんとこに持ってきたの？　なんか加古川さん、長い時間使って、いつもなにか頑張ってるらしいのはわかるんだけどさあ、無駄な頑張りっていうかさあ。努力の方向性、もうちょっとどうにかできないの？」

すみません。私はあなたじゃないので、あなたのおっしゃることはわかりません。

そう言ってやれたらどれだけ楽だろう。

でも、現実はただ、「すみません」の一言で止まる。あとはただ、じっとこちらを睨《にら》む不健康そうな三白眼《さんぱくがん》から視線を逸《そ》らしながら、俯くしかない。

彼と話していると、かもめを前にしたアサリみたいな気分になる。お互いに相手を邪魔だと感じても、つついて排除にかかる権利があるのはあちらだけ。鋭いくちばしも爪も、捕食者にしか持ちえない。私はただ、黙って貝の中に閉じこもり、いつ殻《から》を割られるともしれない恐怖に怯《おび》えながら、外からの攻撃に耐えるのみだ。

かといって、さらに上の監督者に助けを求めようとしても、それはそれで難しい。

「うわあ、頼んどいた例の企画の特設ページ、もうできたのか。やっぱり岸本くんに頼んだら間違いないなあ！」

つらつらと係長との間にあったあれこれを思い返していると、回想を遮るように、少し離れた位置にある課長席から明るい会話の声が聞こえてきて、私はキーボードを打つ手を止めた。声は三つ。うちふたつは、課長と部長だろう。

――ああ、あのページのことか、となんとなく察する。

求人担当の部署から、三日で仕上げろと無茶ぶりが来て、会社に泊まり込みで私が作ったもの。

「あはは。課長の肝《きも》入りだと念頭に置いて、ちょっぱやで仕上げました！　もし何か不具合あったら遠慮なくおっしゃってください。何だろうとすぐ修正しますんで」

岸本係長が、ちょっと照れたように笑い含みに応じている。

よく言うよ、と私は歯を食いしばった。

その『何だろうとすぐ修正する』のは私だ。命令だけ投げたら、あんたはすぐ帰るくせに。

「いやいや相変わらず謙虚だね。これからも何かあったら岸本くんにお願いするよ」

「何なりと。お任せください」

そこまで聞こえてきたところで、はあ、と私はため息をついた。

口当たりのいい言葉に、愛社精神の強い勤務態度。部長や課長はすっかり岸本教の信者である。たとえ、そのページ作成の実働部隊が私で、実際に汗をかいて仕事を上げたのは私だとしても、それらは一切彼らの耳には入らない。すべて岸本係長の手がらになる。

部下を統率するのは上司の役目だ。つまり、部下の業績は上司の業績。わがラインの仕事がうまく回っているのは、要するに、彼の業務監督が優れているから。

そんなことはわかっている。

だから私には、労《ねぎら》いが一切なかろうと、仕事におけるその存在の一切を抹消されようと。

それに文句を言う権利なんて、当然、ない。

当たり前だ。それが常識なんだから。

「ほんと、岸本くんはウチのエースだなあ。次に課長に上がるのはきみだって、僕ァ推す気だからね、ひとつヨロシク頼むよ！」

「ありがとうございます！」

会話はまだ続いていた。耳栓《みみせん》をできたらよかったのにな、と少しだけ思った。

とはいえ別に、岸本係長が好かれているのは、上司にだけではない。

「やだぁ、岸本係長、この写真超イケてるじゃないですかぁ」

不意に、明るい声が聞こえてきて、私は作業の手が止まってしまった。職場のこの室には、別のラインの島もいくつか存在する。私たちの島以外はみんな仲がいいようで、よく私の後ろで、楽しげに話に花を咲かせていた。

「すっごーい、海キレーイ！　場所はぁ、えっと、沖縄？　いつ行かれたんですかぁ？」

あの声は、西野《にしの》さんかな。色白で可愛らしい私の同期。大学も同じだけれど、経済学部出身で、くるくると丁寧に鏝《こて》で巻いた茶髪やぱっちりときれいに引かれたアイメイクといい、流行を取り入れた装いといい、ファッション雑誌から飛び出してきたような華やかな雰囲気の持ち主だ。近よれば、おそらくローズ系のボディソープの香りでもするに違いない。間違っても、三日もののフラミンゴ臭はしないだろう。

窓から離れた壁際にあり、ただでさえ物理的に暗いというのに、同僚たちと雑談をすることもないうちの島と大違い。私は眩《まぶ》しくも羨《うらや》ましくも思いながら、彼女らの話に耳を澄《す》ませている。

「コレおいくつの時ですかぁ？」

話し相手は、岸本係長本人のようだ。ああ、たしかにいないな、と私は斜め向かいの空席を確認する。どうやら別ラインと仕事の相談ついでに雑談に交じっているらしい。

「だいたい五年くらい前？」

「ええっ！　嘘《うそ》ぉ、全然変わんなぁい。昔からイケメンだったんですねーっ！　ホラ、あの人に似てますよぉ、いま一番人気のドラマのぉ」

「それはよく言いすぎ」

顔なんか上げなければよかった。けらけら笑う岸本係長も見え、私はボールペンの先を書きかけの付箋《ふせん》にめり込ませた。お前ヒマかよ、いいご身分で、と汚い言葉が浮かぶ。

変わらないもなにも、五年でそんなに老けてたまるか。その当時はどうだったか知らないが、今はそのドラマのイケメン俳優とはほど遠い。一見スキなくおしゃれに身を固めているようで、寄る年波に勝てずにたるんだ腹はジャケットを内側から圧迫しているし、にやにやと笑う歯は煙草《たばこ》のヤニで黄色っぽい。歯磨きでとり切れないなら白いペンキでも塗ってこいよ見苦しい。

……そういえば、平日、ドラマをやっているような時間帯に家にいることなんて、就職してから久しくないな。

意地の悪いことを考えてしまったと反省しながら、私は作業に戻る。眠っていないからだろうか。頭がぼんやりして、いやなことばかりが浮かんでくるものだ。

書き終わった付箋を指先ではがす。机の上には、やることリストがわりにべたべた貼った色とりどりの付箋が、まるで百人一首のごとく並んでいた。終わったらはがす寸法だが、明らかに増えるスピードに減るスピードが追いついていない。気を逸らすようにぱちぱちとトップページのソースの修正をしていると、不意に係長の声が耳に飛び込んできた。

「西野さんは仕事が早くて助かるよねぇ。よく気がつくしさ。まだ一年目なのに。ホント、きみがうちの業務ラインだったらよかったのに」

「えーっ、そんなことないですよぉ！」

聞こえよがしな声に、ぱち、とキーボードを打つ手が止まる。

……同じ一年目なのに仕事が遅くて悪かったな。

「ほんとほんと。いや、きっちり定時に上がれるのも才能だよ。残業なんて無駄にやっても、人件費や光熱費を浪費するだけだから。残るだけで圧迫される社の懐《ふところ》具合も馬鹿にならないから、ねぇ」

「やぁだ、そんなあ」

構っている暇なんて、ない。

今日こそ、終わらせて帰らなきゃ。またお風呂にも入れないままでは、フラミンゴどころかもっと想像を絶する刺激臭の物体となり果ててしまう。

本当は、私が――タイムカードの時間は遅くても、ずっと、書類上は私用で会社に残っている体《てい》を装って、サービス残業をしていることに。

そしてそれを、当然、係長も知っているはずであることに。

自分で気がつかない、ふりをする。

居たたまれなくなって、私はパソコンの画面をじっと睨みつけた。

そこに並ぶ、専門用語の羅列《られつ》は、ここに来てから必死に覚えたもの。知り合ったばかりのシステムエンジニアやウェブデザイナーに必死に聞きこんで、メモをとって、でも、全然ついていけない。手の側面を真っ黒にして、ノートを何冊も何冊も費やしても。

　本当は、ホームページの仕事なんて大嫌いだ。

　私、どうしてこんなことをやっているんだろう。でも、プランニング事業部に行きたいなら。これが、今が……ふんばりどころ、だから。

　そういえば、「ごめんなさい、わかりません」と私が言うと、いつも係長は呆《あき》れたように片眉を上げた。

　――〝わかんないの？　お得意のメモを見ればいいじゃない。なんかいつも必死に書いてるし。それともあれって、頑張ってますってポーズ？〟

　半笑いの台詞を思い出した瞬間、腹の内側から、マグマのようにかっと急激な熱がこみ上げた。

　目が、かすむ。

　脳の芯が疼《うず》き、こめかみにじわりと沁《し》みていく。

　全部全部、きっと寝ていないせいだろう。

　――頑張らないといけないのに。

　自力でしがみつかなきゃ、誰も、助けてなんてくれないんだから。

覚えたはずの専門用語は、いつの間にか、いくら目で追っても、ぼんやりと意味をなさない不気味な文字の群れと化していた。

＊

その晩、三日ぶりのわが家に辿《たど》りついた私は、ふらふらとベッドに倒れ込んだ。

ばふん、とメイクをつけっぱなしの顔を受け止めるのは、フレイムオレンジの枕カバー。そして、それに合わせた、大きな赤い花がらの浮いたライムグリーンのシーツ。

どちらも、就職してから人生初の独り暮らしで奮発して買ったお気に入りだったけれど、いつの間にか、洗濯もしなくなって久しい。残念極まりないが、フラミンゴがダイブしても罪悪感を多少薄めてくれる点は、怪我の功名といえよう。

「はあ、おふとんだ……」

声に出して呟《つぶや》いてみた。そうすると、久方ぶりのわが家を実感して、ほっと息が漏《も》れる。

腕をのろのろ持ち上げて時計を見る。終電にどうにか駆け込めたから、――まだ、午前一時だ。よかった。でも、明日は朝七時には出社しないと、積み残した決裁が間に合わない。

帰れるだけ、まし。

シーツに散る赤い花弁《はなびら》の上に、太陽に当たらないせいで青白い自分の指と、そこに摑《つか》んだままの白いビニール袋が見えた。

中に入っているのは、コンビニのホットスナックのからあげと、レトルトのシチュー。からあげは味を毎度変えるのが、日々の小さな——というより、ほぼ唯一の楽しみだ。栄養は、シチューか野菜ジュースかを交互に入れ替えながら、どうにか補給している……と、思いこむようにしている。

さらに、ビニール袋の向こうの流しには、自炊しようと意気込んで買ったはずが新品同然の鍋が透かし見え、ベッド脇の窓辺にも、プランター菜園をするつもりだったのに立ち枯れの屍《しかばね》と化したプチトマトの残骸《ざんがい》が鎮座している。枕元に雑然と積まれた書籍やカタログ類。さらに、部屋中至るところには、規定量を超えて飲んでいるせいでゴミの日までに溜まりに溜まり、ボウリングのピンのように並ぶ、栄養ドリンクの空《あ》き瓶《びん》。

女性の一人暮らしが一概にこうなのではない。たぶん、今の私の生活がおかしいだけだ。

本当に、……どうしてこうなったのかな。

疲れているはずなのに、不思議と目が冴《さ》える。それなのに、首からネジが飛んだみたいに頭がぐらつき、なんだか船に揺られているようにゆらゆらと地面が回るのだ。しかし、一番まずいのは、そんな体調をして「おっと、そろそろストレスが三半規管にきたかな」

などと他人事《ひとごと》のように考えている自分の感覚だろう。

……いつから、こうなったのかな。

憧れの会社に就職して。大学のころにもできなかった、念願の独り暮らしで。

そういえば、どれぐらい彼氏に会っていないだろうか。

いつからだろう。『最近どうしてる？』という彼の他愛ないメッセージが癒《いや》しだったはずなのに、いかにも能天気に感じられて、疎《うと》ましくなったのは。

『仕事はどう？　残業ヤバいって言ってたけど、体調崩してない？　大丈夫？』

『会いたいな。玲美、今どうしてる？　もうずっと会えてないね』

『ちょっとでも時間作れない？　今週末はどう？　ずっと会えてないから、かなしいよ』

毎日のように届いていた彼からのメッセージは、だんだんと寂しさを訴えるようになってきていて……けれど、気力をすっかりなくしていた私は次第に、返す頻度《ひんど》が減っていった。すると、当然彼からのメッセージは切実さを増し、そして、ここのところぱたりと途絶えている。

むしろ、彼のことを考えつきもしなかった。

プライベートも仕事も充実させて、自分らしくやっていけたら、なんて。かつて夢見ていた生活を思い描き直そうとすると、決まって係長の顔が出てきて、黒板消しでもかけるようにつるつると無に戻していく。

そして、最後に半笑いで呟くのだ。

――きみさあ、新人だよね。そういうの、いいから。

ああ、自宅でまで仕事のことが思い浮かぶとか。もはや、呪いじゃないか。ため息が喉に詰まって、吐き出せもせず逆流するようだ。

気晴らしにと、スマートフォンを出して久しぶりにＳＮＳで彼氏とのトークルームを開いてみると、最後の会話は三週間も前で、おまけに『うちの会社の近所に、ものすっごくド強力な縁切り神社があって、かかってる絵馬がまじヤバい』という、実にどうでもいい話題で終わっていた。

鬱々《うつうつ》とした気持ちに区切りをつけるべく、「よし」と自分だけしかいない部屋で気合いを入れ、彼氏に『元気してる？　今週あたり、時間があったら会えないかな』とメッセージを送ることにした。そっけない気がして、『おつかれさま』と敬礼する、流行《はや》りのうさぎのスタンプをつける。

目は、まだ冴えていた。

――ド強力な縁切り神社があって、かかってる絵馬が……。

ふと頭をよぎったのは、先ほど読み返したばかりの彼氏のメッセージだ。

その神社は知る人ぞ知るパワースポットで、占いやらスピリチュアルやらに詳しい友人から、私も噂《うわさ》くらいは聞いたことがあった。

彼女いわく、その由来は「来世までの絆《きずな》だと永遠を誓い合った男に、心中の途中で裏切られ、自分だけ死んでしまった無念の女性をまつっている……」とかどうとか。ゆえに特に女の情念を強く後押しして、恋から仕事から病気から、とにかく縁とつくものは、願えば何でもバッサバッサ切ってくれるのだそうだ。

深く考える前に指が勝手に動いて、すらすらと神社の名前を検索していた。スマホの画面をタップして、ぽんとルーペのボタンを押す。薄暗い室内で、液晶の光が目に痛い。

「うわ、すっごい」

思わず声が出る。

——最初に現れた画像は、その神社で撮影したという、絵馬の写真だ。なんていうんだろう、専用の枠？　軸？　のようなものに垂れさがっているそれらは、白木《しらき》の素朴《そぼく》な見た目に比して、書かれている内容があまりに過激だった。もちろん、書いた人や書かれた相手などの個人情報は、モザイクやぼかしがかけられてわからないようになっている。

『……が、今すぐにでも妻と別れて私のものになりますように。あの人を私にください。あの人を私にください。あの人でなくてはいけないんです』

『しつこいストーカーになった……を私から遠ざけてください。どんなやり方でもいいです。殺してくれても構いません』

『私の大切な大切な息子を車ではねて命を奪っておきながらのうのうと生き延びている、……在住の……を、この世に存在するうちで最も残虐《ざんぎゃく》なやり方で殺してください。あいつが生きている限り、私は夜眠ることもできません。……在住の……です。あいつを今すぐ殺してください。よろしくお願いいたします』

最後の一件に関しては、画像で見る限りだが、すぐ近くにまったく同じ筆致で一言一句同じ内容が書かれた絵馬が三枚は見えた。

まるっこい、内容にそぐわないほど可愛らしい文字は、一度見たら覚えてしまうくらい特徴的で、きっと女性……つまりは、亡くなった男の子のお母さんで。当然のことながら、全部肉筆だ。——通い詰めて、いるのだろう。

子供を殺されれば、……たしかにこれぐらいするようになるかもしれない。今はどんな形であれ、この絵馬を書いたお母さんの心が晴れていますように、とひっそり願いながらスクロールしていくと、ふと目に飛び込んできた文字がある。

『……社に在籍しているパワハラ上司の……を、転職か異動させてください。私、このままではどうにかなってしまいます。あの男を、私の目の前から消してください』

「あはっ、……」

誰もいない部屋に、奇妙な笑い声が響いた。

――あの男を、私の目の前から消して、か。

なるほど。同じことを考える人がいるものだ。それはそうか。どこにでもパワハラ上司はいるし、パワハラ上司の数だけ悩んでいる部下がいる。当たり前だ。

でも、この人は優しいな。

異動？　転職？　それはその男が、職務上仕方なくだったり、時には出世のためだったり、自分が幸せになるために自ら動いたりするものだろう。

つまり、どこかにいる、私と同じ境遇のその人を苦しめているそいつは、たとえ願いが叶っても、その人の知らないところで、何ひとつ報いを受けることなく心穏やかに暮らしていくということ。そして違うどこかで、同じく別の誰かを苦しめていくということ。

自覚があろうと無自覚だろうと関係ない。

そんなことって許されるの？

きっと、私なら。

「殺してくださいって、頼むけどなあ……」

むしろ、――この手で殺させてください、か。

「なんてね」

独り言をぶつぶつ呟きながら布団にくるまっていると、ぽん、と軽い電子音が鳴って、スマホにSNSの新着メッセージが届いたと通知が出る。

彼氏からだ。さっき、久しぶりに会いたいって言ったから、その返事かな。

次の土曜は自主出勤の予定だけど、せめて日曜には体が空かないかな。

現金にも、少し浮き立った心でアプリの緑色のアイコンをタップする。そして、現れた文言に、私は目を見開いた。


『ごめん、もう限界』


あまりに会えない日が続いてつらい。いつでも仕事ばかり優先されて、自分がいる意味ってなんだったんだろうと思うようになった。

『もう無理だ。だから、別れよう』

彼のメッセージは簡潔で。

普段、どちらかというと余分に言葉を連ねることの多い人だったから、それが、本当に彼にとって『もう限界』で『もう無理』な事態になっていたのだと、ことさらに実感することができた。

「なにそれ」

また、声が出た。

高校のころからの付き合いで、六年越しの彼氏で。いずれは結婚なんかも考えていて。昔から馬が合って、照れ屋で、ちょっといい加減で、はにかみがちに笑う時の少し垂れた目許が好きだった。

でも、幕切れって、こんなに簡単に訪れるものなんだ。

……なに、それ。

とっさに返信しようとして、頭が真っ白になって。結局、何も打てずにそのままスマホの電源を落とす。

せめて会って直接か、電話で言ってよ。

そう思うけれど、電話だろうがＳＮＳのメッセージだろうが、どのみち終わるのであれば大差ないのかもしれない。そんなふうに事務的に考えてしまうほど、私はもう、何かを考えることに疲れすぎている。

とりあえず、一言あるとすれば。

神さま。

切るべき縁、そこじゃないです。

＊

——昨晩、ＳＮＳのメッセージひとつで、六年越しの彼氏に切られ。

夜中の二時過ぎに、友人に相談するわけにもいかず、結局私は、冴えた目を押さえながら、まんじりともせず夜明けを迎えることになった。カーテン越しの陽光が眩しい。

そう。彼氏と別れようが、一睡もしていなかろうが、誰のもとにも等しく朝は来る。朝が来るということは、とどのつまり、出社せねばならないということだ。

こういう時は、逆に忙しく仕事をしていたほうが、何も考えなくていいのかもしれない。暇があるとそのぶん、何か余計なことを考えてしまうだろうから。

「ちょっとぉ、岸本係長ですよね？　いつも室内の設定温度下げすぎないでくださいよ。寒いです。エコの真逆いってますよー？」

「いいじゃん。エネルギーは無限にあるんだよ」

「ええーっ、何言ってるんですかぁ。っていうか、あたし冷え症なんですよぉ、……勘弁してほしいですぅ」

そういうわけで、朝っぱらから昨日と同じく西野さんと係長のやりとりを背後に聞きながら、私はパソコンに向かっていた。

「あ、そうそう、またメール送っといたんだけど、西野さん見た？」

「サシ飲みの予定のですかぁ？　見ましたけどぉ、今週は友達と予定があるから、帰り遅くなる日ばっかりで、ちょっと難しいかもでぇ」

「おれは宅飲みでも全然いいけど？　たしか西野さん、N区に一人暮らしだったよね」

「……えー？　うちですかぁ？　うちはぁー、……ほら、掃除できてなくて汚いんでぇ」

「そんなこと言っちゃって、実はきれいにしてるんじゃないの？　いつ男が入ってきてもいいように、きちんとしとくのが女の子ってもんでしょー。彼氏の来てない時でいいからさ。このあいだもSNSに手料理の写真載せてたじゃない」

「わっ、すごーい！　あたしのページ見てくださってたんですねぇ！　ありがとうございますぅ」

無だ、無になろう。

一心にそれだけ念じながら、カタカタと手を動かしているうち、それにしても、と私はふと心配になる。

西野さん、心広いなぁ。いや、むしろ広すぎないか。

冷静に考えれば、いくら若く見えてイケメンとはいえ、二十歳近くも違う異性の上司に、自宅の場所をチェックされて、ＳＮＳまで見られて。しかも宅飲みしようとしつこく誘われるなんて、完全に立派なセクハラ案件じゃないか。私なら、怒鳴り返しているところだ。けれど、明るく笑い飛ばす西野さんの声には、そういう負の感情が一切ない。

「あ、すみませぇん、ちょっとお手洗いぃ」

不意に、西野さんが係長に会釈して廊下に出たので、私も同じくトイレのふりをして、そのあとを追ってしまう。

「あ、あの……西野さん、大丈夫？」

女子トイレの洗面台前で、私は彼女に声をかけた。ハーフアップにされた明るい色の茶髪が、振り向きざまにぱっと揺れる。そうすると、今日も今日とてフェミニンなブランドのワンピースコーデをバッチリと決めた西野さんからは、ボディミストだろうか、ふわんと甘いバニラの香りが漂った。

……ここがトイレでよかった。今日は奇跡的に大丈夫だけど、なにせ私フラミンゴが基本装備だから、という自虐《じぎゃく》は、即座に奥歯で嚙みつぶす。そんなことより。

「おせっかいでゴメンね。西野さん、なんかうちの係長に絡まれてるみたいだったから気になって……宅飲みとか、ＳＮＳとか」

「えーっ？　やだぁ、聞こえてたの恥ずかしい！　ゴメンねうるさくして！」

西野さんはにっこりして手を振った。その爪を彩る、ストーンやパールを散らしたピンクのネイルアートが、自然にきらきらと女子力を放っている。

ううっ、なんていい子だろうか。後光が差すような笑顔に一瞬気圧《けお》される私に、彼女はさらに「あたし、加古川さんに心配かけちゃってたみたい？」と微笑《ほほえ》む。

「アハハ、ヘーキだよぉ！　いつものことだし、テキトーに流せるし。むしろ、ちょっとキョリ近めだけど親しみあって逆にイイよねえ岸本係長！　あの人の部下とかうらやましいよぉ。あ、でもぉ、加古川さんこそダイジョーブ？　なんかよくわかんないけどぉ、そういう心配してくれるってことは、直属だといろいろ違うかもだしぃ」

「え、……と」

――私が係長から嫌がらせを受けていること、西野さんは気づいていないいんだろうか。いないんだろうな。

ますます居たたまれなくなった。

やっぱり、彼とうまくやれていないのは、私だけなんだ。薄々感づいていたその事実を、まざまざと突きつけられた気がして。

そういえば……。

同じラインの小林さんも、忙しい中、家に帰れないような無茶なスケジュールでリテイクを受けても文句も言わず仕上げているし。奥さんや小さなお子さんも、きっと帰りを待っているだろうに。

私に注意をしてくれた井坂さんも、係長から「お前さぁ、こないだ結婚相談所に登録したとか言ってたくせに、まーだ彼女すらできてねーの？　そういうところだよホント！」とプライベートをあげつらわれても、「ひどっ！　もー、勘弁してくださいよ！　ってか、逆に紹介してもらえません？」なんて笑ってネタにしている。

——ああ、ほんと。

みんな、大人なんだ。社会人なんだ。

おまけに西野さんなんて、私の同期で同い歳の新卒社員なのに。もう何歩も私の先を歩いている。私だけが、いつまでも学生気分が抜け切らずに、甘えているだけなんだ。

惨《みじ》めだった。小首を傾《かし》げる西野さんの、曇《くも》りなんて一点もないような無邪気なまなざしが、ひどく私を追いつめる。

とはいえ、この脱力感が、果たしてあの男のせいなのか。それとも、付き合いの長い彼氏に振られたばかりでやり場のなくなった諸々《もろもろ》も入り混じっているのか、私にも、もう判断がつかない。

しかし、何も言えなくなって私が黙りこんでいるうちに、西野さんが続けたのは、たいそう意外な言葉だった。

「ま、そうでもないかぁ。仲はいいんだよねぇ？　だって岸本係長っていえばぁ、さっきだったかな？　加古川さんのこと、頑張ってるよね！　ってホメてた気がするしぃ」

「え」

いやいや。天地がひっくり返って、今すぐ世界が滅んでもそれはないと思うよ。

「……か、係長が？　ちょっと考えられないけどなあ……」

自嘲に歪みそうになる唇をどうにか自然な形に保ちながら、かろうじてそれだけ返した私に、「そうかなぁ？　よくわかんないけど。じゃ、あたし先出るね！　お互いいろいろガンバロ？」と西野さんは小さなガッツポーズを決めてトイレを出て行ってしまう。

臙脂《えんじ》のワンピースの背が遠ざかると、甘いバニラの香りも自動的に消え、あとには私とトイレのにおいだけが残された。

＊

「加古川さん、ちょっといい？」

もやもやした気分の悪さを抱えたままデスクに戻り、ぼんやりとファイルを繰《く》っていると、岸本係長から例のごとく声をかけられ、私はビクリと身を竦ませた。

「え？　は、……はい」

「こっち来て」

係長は、いつになく真顔で私を手招きすると、わざわざ人のいない会議室に連れていった。今度はどんな皮肉を言われるのだろうと怯えながら、私は、「かけて」と示された椅《い》子《す》をおっかなびっくり引く。

しかし、係長の話は、私の予想をまったく裏切るものだった。

「加古川さん、プランニング目指してたよね」

「は、はい。そうです」

「実は、こんな依頼がウチに来てるんだよ」

そう言い置いて、彼は手にしたクリアファイルに収めてあった企画書をぱらぱらと私の前に並べた。

なんでも、ツアープランニングの法人担当部署から、「最重要の大至急」と冠つきで回ってきた案件だという。

今度、広報予算をだいぶつぎ込んで、企業向けに海外視察の大きな企画を打ち出すらしく、急遽《きゅうきょ》その特設ページを創ることになったのだと。『アクセシビリティとかオール度外視でいいから！　とにかくカッコよくてファッショナブルで、他社にはまねできない、ぜひわが社を選ぼうと誰もが思うような、今までにない目新しいページを！』という、ふわっとしつつも無茶ぶりすぎるお達しで、おまけに関連部署の上層部どころか、社長もかなりご執心らしい。

「で、もしよければだけど——この大口企画の特設ページ作成、加古川さんにゼロからお願いしたいんだよね」

「エッ」

私はびっくりして、手元の企画書と係長の顔を何度も見比べた。

見慣れた三白眼で頬のこけた顔だが、そのまなざしは真摯《しんし》で、とても冗談には思えない。

「な、なんで……」

とっさに出たのはその一言だった。

だって。係長、私のこと、お嫌いでしょう。なんだってそんな、スポットライトの真っただ中みたいな、華やかな仕事。

するとと彼は、ちょっと眉を下げて苦笑した。初めて見る表情だった。

「さっきも言ったけど、加古川さん、プランニングの部署に行きたいって、このあいだ異動願い出してたし。そろそろ人事査定のシーズンなんだけど、見極めにちょうどいいかなって」

「え……？」

「うーん、まあ、ちょいちょいカラ振りのきらいあるから、おれもついつい厳しくしちゃうけど。やっぱりきみ、頑張ってるしさぁ。この企画、ホントに大事だし急ぎなんだよね。前にトップページの案が流れちゃったことあったけど、着眼点は悪くなかったし」

え？　え？　何が起こって、どうなっているの？

「だから今回は、加古川さんにオーケーもらえたら、発案も実行もきみの名前で通すつもりなんだよ。コレでいい成果が出せたらまさに渡りに船で、おれも人事にきみの異動について後押し報告するネタができるし。まあ、今までは小さな企画ばっかりだったから特に報告できなかったけど、これぐらい大きいやつだと、もちろん部長や課長の耳にも入れられるし」

しゃべるほうは立て板に水だが、聞くほうは寝耳に水である。

すわ天変地異の前触れかと、ひたすらに慄《おのの》く私をうっちゃり、「そういうわけで、ここぞって時だからこそ、加古川さんにお願いしたいんだよね」と彼はしめくくった。

不意に脳裏をよぎるのは、さっき西野さんとトイレで交わした会話だ。岸本係長、――加古川さんのこと、頑張ってるよねって、ホメてた気がするしぃ。

ずっと状況整理ができずにパニックに陥《おちい》っていた脳が正常に戻り始めると、遅れてじわじわと喜びが胸にやってきた。

——本当に？

嘘みたいだが、係長の目は真剣そのものだ。

「それで、できそう？」

「や、ります！」

念を押されて、私は一も二もなく飛びついた。

ひとつは、やっと大きな企画に関われ、しかも希望部署への異動のチャンスが摑めるかもしれないという期待。

そしてもうひとつは、今まで辛辣《しんらつ》な言葉をかけてきた係長に、多少なりとも認めてもらっていたのだという意外な事実への昂揚《こうよう》から。

どうしてわざわざ人のいない会議室で話を出されたのか、なんて、その時は考えもしなかった。

＊

それからは、当然ながら、仕事はますます多忙を極めた。

――とにかくカッコよくて斬新で魅力的なページを。家にも帰らず、寝る間も食事の暇も惜しんで、ありとあらゆる企業のページを見て回り、案を練った。プレゼンテーションソフトで作成した、いくつものドラフトを印刷して持っていくと、係長は私の目の前でしばらくそれに目を通し、はあっとまた大きなため息をつく。

なお、あの会議室での会話以降、褒められたのは幻聴だったのかもしれない……と思うくらい、その後の態度は単なるいつもの岸本係長である。

「加古川さんさぁ。これ、何を参考にして作ったらこんなことになるの？」

「ええと、……こんなことというのは」

「わかんないの？　こんなことはこんなことだよ。そんなことまでいちいち言うのって、おれの仕事なの？」

むしろ、いちいち言われないと何が問題なのかさっぱりわからないです。

私が黙っていると、岸本係長は三白眼でぎょろりと私を睨みつけてのたまった。

「理由は自分で考えて。っていうか、そもそもこれ、ちゃんとコンセプト把握して、時間かけて考えて作ってるのかさえ怪しいんだけど。企画書ほんとに読んだ？　はい、全部やり直し」

ばさ、と紙を突き返され、私は絶句する。

理由は自分で考えろ？

ちゃんと考えているか怪しい？

考えて考えて、考えて考えて考えたのがそこに提出したドラフトだ。

そもそも、ひとつの企画だけに時間をとっていられるほど今の私は暇じゃない。あと、考えろっていうのは、お前の考えを正確にトレースしろという意味か。知ったことか。私はお前じゃない。

ぐるぐるぐると、またお腹《なか》の中で煮えたぎったマグマが渦巻く。限界を迎えた熱は出口を求めて喉元にせりあがってくるけれど、間違っても口に出すわけにはいかない。

拳《こぶし》をだらりと脇に垂らして立ちすくむ私に、岸本係長は目も向けずに言った。

「弱ったな。こんなんじゃいつまでたってもプランニング事業部の担当者にも上にも報告できないよ。オーダーされてる期限だけど、おおまかなドラフトのイメージ固定までは明日がマストって言われてるし。つまり明朝までだから」

——彼の言葉の裏に隠された含みを、私は正確に読みとった。

プランニング事業部に報告できない。つまり、このままでは、そこへの私の異動を推すこともできないということだ。

逆に、どうにか頑張って乗りきれば、希望部署への道が拓《ひら》けるかもしれない。さらに良心的に解釈すれば、そういう意味になる。

「……わかりました」

だから、今が意地の見せ時。そう自己暗示をかけて、彼に背を向けると、後ろから独り言ともつかない皮肉が追いかけてくる。

「お得意のメモになんか有用なアイデア書いてないの？　使えないね」

私は聞こえなかったふりをした。それだけが唯一、私にできる抵抗だからだ。

しかし、私のささやかな反抗は、さっそく係長の気に障《さわ》ったらしい。「あのさあ」と聞こえよがしな声がする。

「ちょっとさあ、小林くん。これ、加古川さんの決裁なんだけど、事前にチェックしといてくれる？　あの子どうせまた何か間違えてるし」

引き合いに出されたのは、例の企画とは別の仕事である。「え、僕がですか？」と小林さんの驚いた声が応じた。

「すみません係長、ええと、今は僕も手いっぱいで……あと、その決裁だったら、昨日加古川さん本人に頼まれてざっとチェックしたところで……」

「ざっとじゃ見落とすくらい、毎回何かやらかしてるでしょ。きみベテランなんだし、別にさほど手間じゃないだろ。ちゃんと見といて。あ、チェックしたとこに印もつけといて。

じゃあよろしくね。おれ昼休憩とってくるからね」

ぼそぼそ反論する小林さんを無視して彼は一方的に押しつけると、さっと席を立って、オフィスの隅にある給湯コーナーのほうに歩いていく。

岸本係長は食事をあまりとらない。代わりに、共用の冷蔵庫に特注のコーヒー豆をためこみ、休憩時間になるとそれをきちんとミルで挽《ひ》いて淹《い》れて一息つくのは、課内ではみんな知っている話だ。ついでに朝は誰よりも早く出社して、人気《ひとけ》のない職場で一人コーヒーを楽しむのが日課らしい。

しばらくすると、簡単な間仕切りで隔てられた給湯コーナーから、こうばしいコーヒーの香りが漂ってくる。普段ならいいにおいだと感じただろうが、今はコーヒー嫌いになりそう、としか思えない。

ふと気になって、小林さんのほうを見る。

「あの、すみません、お手間……」

「いや。いいよ。慣れてるし」

彼はぼそぼそと私の謝罪を否定すると、決裁にチェックを入れ始める。顔を上げることもなかった。

慣れてるし、か。

ほら。──うまくいかないのは、みんなに迷惑をかけるのは。やっぱり、私だけ。

私は居たたまれなくなって、その手元を見つめ続けた。

＊

そのあと、小林さんからは完全に「別に問題ないと思うけど……」とスルーされたのに、案の定、係長のところで山ほど赤を入れられた決裁を作りなおし。さらにはくだんの企画のドラフトをいくつも仕上げているうちに、作業は結局深夜までかかった。

この企画については、係長はいつも以上にリテイクに根気よく付き合ってくれたが、さすがに先に帰ってしまっている。仕方なくできた分だけページ案のデータを送っておいたが、明朝にまた地獄《じごく》を見ることになるのだろう。今からさっそく気が重い。

とはいえ今日も、日付が変わったころには、どうにか家に帰りつくことができた。

昨日とは別の味のからあげをぱくつきながら、ライムグリーンのシーツをしいたベッドに転がる。

「はぁ」

自然と、ため息がこぼれた。

今日は木曜日。

ああ、もうすぐ週末が来てしまう。

——虚無って、こういうことをいうのか。

あれから、ずっと仕事が忙しくて、彼氏のことを考えている暇がなかったのは、ある意味幸いだった。休みになり、プライベートだけを直視する時間ができると、今までなおざりにしてきた事実が改めてのしかかってくるだろう。

彼を思い出して凹《へこ》むのではない。

何も思い出せないことが、哀《かな》しい。

曲がりなりにも、長年付き合ってきた彼氏と別れたのに、何も感慨がないことが。

昔は、つらいことがあればちゃんと泣けていた。

とはいえ、自分で言うのもなんだけれど割と我慢強い気質だったから、泣くことはどちらかというと少なかったようには思う。それでも、ちゃんと、涙は出ていたのだ。

会社に入ってからだって、最初は泣いていた。はじめに作りこんだ例のトップページの企画が無残に散ってしまった日の晩も、つらくて悔しくて悲しくて、嗚咽《おえつ》を押し殺すたびカエルを潰したみたいな音が喉の奥から漏れたものだ。

そのうち涙は出なくなった。

別に我慢をしているわけではない。ただ単純に、ぽっかりと心の中がうつろになってしまって、特段何の感情も湧かなくなっただけ。

会社のために、仕事のために、がむしゃらにプライベートを犠牲にし続けて。その報いがこれだ。からっぽの、がらんどう。当たり前といえば、そう。

——私にはもう、この会社で頑張るしか残っていない。

彼氏も失って、仕事の他にはなにもない。

私にはもう、仕事しか、ないのだ。

あの会社で、あの部署で、私が一番何もできない。私が一番、お荷物なのに。それでいて、一番会社にしがみつかないといけないのは、私。

こんなはずじゃなかった。

どくどくと、心臓の音が直《じか》に耳に届く。運動もしていないのに、おかしいな。動悸《どうき》がひどくて、息が荒くて。鬱々としたものが腹の底にたまり、呼吸するたび気道を削ぐように、空気がざらついて感じられる。

こんなはずじゃ、なかったのに。

どこで間違えたんだろう。どこを間違えたんだろう。なにを間違えたんだろう。間違えたのは私なんだろうか。私がいけなかったのか。私が私が私が。

——ああ、駄目だ。

このままじゃ、駄目になる。

危機感を覚えて、私はぎょろぎょろと目玉を動かし、狭い部屋の中に視線を這《は》わせた。

眠れないんだ。何かしなきゃ。何もしていないと駄目になる。何か。

そこでふと目に入ったのは、ベッドの上に雑に置かれた、小さなギフトカタログだった。

これ、なんだったかなと首を傾げ、すぐに、前に出席した友人の結婚式の引き出物だと思い至る。中に、披露宴のテーブルに置いてあった一言メッセージも挟んだままだ。

『今日は来てくれてありがとう！　次は玲美のところだって信じてるからね！』

たしか、式があったのはゴールデンウィークで――まだ入社して間もなかったから、さほど忙しくはなっていなかったころの生活の名残。そうだった。その友達も、高校のころからの付き合いになる彼氏とゴールインしたのだ。

ごめん、あなたの言うそいつとは、ついこのあいだ別れたところだよ。

声には出さず謝ってみると、なんだか変な笑いがこぼれた。

情けなくて、でも、どうしようもなくて。

気を紛《まぎ》らわせようと、なんとなくカタログの有効期限を確認してみると、なんと、あと一週間ほどで切れてしまうではないか。

でも、今欲しいものなんてない。強いていうなら、心の平穏くらいしか。

だから——ふと浮かんだのは、とてもくだらない思いつきだ。

それじゃあ、せめて、……友人の期待するとおりの幸せにはなりそこなった人間として、めいっぱいしょうもなくて、本気でどうでもいい物を注文してやろう。

ぱらぱらとカタログをめくると、『キッズカテゴリ』という、今の私から最も遠い、むしろねじれの位置にあるともいうべき単語が目に入る。

よし、これだ！　とページを開くと、本当に縁のなさそうな物品の、やたらとキラキラしい写真が並んでいる。

お子様とバードウオッチングが楽しめる双眼鏡。知育に最適なミニ顕微鏡《けんびきょう》のセット。簡単なアウトドア用品。キャッチボールを楽しむためのグローブ。もうちょっと発展して、ご近所での草野球にもおすすめな金属バット。

……金属バット、か。

草野球はおろか、プロ野球にすら興味ないくらいなのに。これは本気で一生触りもしないシロモノだろう。でも、それを言うならグローブだって……。ミニ顕微鏡も食塩の結晶くらいしか見るものないし、双眼鏡で鳥を見る趣味もない。縁遠さはどれもイイ勝負だ。

うん。でも、金属バット……ね。

その時、ぱっと私の頭にひらめいたのは、サスペンスドラマでよく見るような撲殺シーンだった。

意図的にファイルを落とすどころじゃない。これで係長を殴り殺してやれたら、どんなにか、スカッとするだろうか。

両手でグリップを握りしめて、思いっきりスイング。後頭部にヒット！　生首でホームラン！　なんてね。

我ながら考えることグロテスクすぎ、と失笑がこぼれたはずなのに。気づいた時には、私はさっそくギフトの発注ページにアクセスしていた。金属バットのコード番号を打ち込んで、送信。迷う暇もない。全部、衝動である。

すぐさま、注文完了メールがスマホを鳴らす。

『ご注文ありがとうございます。お手元には一週間程度でお届けできます』

……本当に頼んじゃった。

こんないらないものを頼んで、どうするんだろう。

でも、この部屋に、無用の長物極まりない金属バットが転がっている光景を、想像してみる。おまけに、ただの野球用バットではない。いつでもアイツを撲殺してくれて構いませんよ！　と言わんばかりの、凶器用だ。いくらなんでもシュールすぎるだろう。私はひそかに忍び笑った。

すると、なんだか少しだけ気が晴れて、私はベッドの上で目を閉じる。また眠れないかもと思っていたのに、意識はすぐに暗転した。

＊

変なものを頼んじゃったな、と思いながら、それでも、思いつきの悪ふざけはちょっと心を軽くしてくれる。

おかげで翌朝の私は、どこかすっきりとした気持ちで出社することができた。

自分のデスクにつくと、係長から、昨日出した決裁が戻ってきている。私はそれを横目で見ながら、個人用のノートパソコンを開き、何げなくメールボックスを開いた。朝イチで急な案件が回ってきていないかチェックするためだ。

やはりというか、そこにあるのは、外部委託業者からの定期報告や、福利厚生部署からのお知らせメール、ついでに迷惑メール少々がほとんど。しかし、その中に並んでいた一通のタイトルに、私は首を傾げた。

『企業向け海外視察企画の特設ページについて』

「あれ？」

それは、私の憧れの――そして、最近もっとも大事な業務を発注してきた、プランニング事業部からのメールである。内容は言わずもがな、私の関わっている例の企画。送り主の名は、そこの部長のものだ。宛先は岸本係長で、送信事故を防ぐためか、念のために私たちの業務ライン共通のメーリングリストがカーボンコピーに含まれていたようである。

……岸本係長に、直接？　おかしいな。担当は、私のはずなのに……。

ぞろり、と胸の内側が不穏にざわめき、やめておけ、と第六感が告げてくる。知れば戻れないぞ、と言わんばかりに。けれど、こらえきれず私はメールを開いてしまった。

そして、ありがたくないことに、嫌な予感は的中していた。

『岸本係長ご発案のページ案、どれも素敵ですが、他にも新しいデザインドラフトをいくつかいただけるとのこと、すべて勘案したうえで選定したいと思います。お忙しい中、こちらの指定期日より三日も早く提出していただいて、頭が下がります』

……は？

なに、これ？

書いてあることが、何ひとつ理解できないんだけれども。

そのメールは、返信の体裁だった。元の文面を見ると、岸本係長から、プランニングの部署担当者やうちの課長宛に、今朝イチでメールが送られていたようだ。添付ファイルもつけっぱなしで開けた。

そこには、私が夜通し考え抜き、「ぜんぶ没だよこんなもの」と係長に鼻で笑われた、あのいくつものページドラフトが。

係長の名前で。

申し訳程度に、色や文字フォントをいじったデザインに改造され、さも最初からそうだったかのような見てくれをして、並んでいた。

――発案も実行もきみの名前で通すつもりなんだよ。

――つまり明朝までだから。

記憶の中の岸本係長の声が、頭蓋骨《ずがいこつ》の内側で、わん、と虫の羽音のごとく響いている。

「ああ、岸本くん！　メール来てたね。向こうの部長、大満足だってさ！　この短期間によくこんなにたくさんアイデア出せたよね。やっぱり岸本くんなら間違いないなあ」

呆然と目を見開いてメール画面を見つめる私の鼓膜に、課長の声が、ぷつりと針のように刺さる。次いで、岸本係長の得意げな声も。

「恐縮です。そうおっしゃっていただけると、苦労して、ない知恵絞って捻《ひね》り出した甲斐《かい》がありました！」

「まったまたご謙遜《けんそん》を。いつもきみの仕事は早いから、今度のも、ぱぱっとツルリンとやっちゃったんだろ？」

「ハハ、買いかぶりすぎですよ。こんなの、まだまだでお恥ずかしい限りです」

ああ、……そうか。

なるほどね。そういうこと。

唐突に、理解した。

どうして、わざわざ人気のない会議室で話をされたのか。どうして、いつもより熱意を込めてリテイクを見てくれたのか。

彼の、いつものあのにやにや笑いが、網膜《もうまく》に焼きついている。

——あーあ。

唐突に、昨晩頼んだ金属バットのことが思い浮かんだ。

課長の声は、まだ続いている。

「やっぱり次の査定では、岸本くんを課長に推すっきゃないね。他のアイデアも来週にはくれるんだっけ？　楽しみにしてるよ！」

あれが今、手元にあったら。それで思いっきりこいつの頭をかち割ってやれたら、きっとさぞかし胸がすくだろうに。

＊

こういう時に限って、うまい具合に予定が空いたりするものだ。

いつもなら休日出勤のはずが、激務のスキマのようにぽっかりと暇になったその週末、私はふと、急に何もかもがどうでもよくなってしまった。

無気力とはまさにこのことで。

長年の彼氏に振られて、いざ仕事一本に絞ろうと思っても、その仕事にやりがいを見いだせない。

何をしても否定される、何をしても私の業績にはならない。誰からも必要とされない役立たず。そんなレッテルが、ぺったりと背中に貼り付いているような気持ちになって。

どうせ、あの男が上にいる限り、私のことなんて誰も見ていないし、評価しない。何をやっても駄目なんだ。すがるべきよすがは、もう何もない。このまま生きていても仕方ないんじゃないか。

ただつらくて、つらくて。でも、もう、つらいと感じる心もなくなってきて。どうして、ここまで苦しい思いをしないといけないの？

だったら……本当に。もう、いっそ死んじゃおうかな。

ここ八階だし、飛び降りるのは簡単だ。ぼうっとそんなことを思いついたところで、なぜか例の縁切り神社に行ってみようかと思い立った。

彼氏――ではなく元カレか――の勤め先から近いので、道すがらで鉢合わせたら嫌だなと少し考えもしたのだが、それはそれできちんと顔を見て話をするチャンスなのだと前向きに捉《とら》えることにする。

何より、なんとも言葉にしづらいのだが――たった一度きりネットで調べただけのあの神社のことが、異様に心惹《ひ》かれるというか、とにかく気になって仕方ないのだ。

なお、私の家からは、その神社は微妙な距離にある。電車を乗り継いでおよそ一時間。ちょっと気合いを入れて早起きしなければ行けない距離。けれど、疲れきって普段のオフなら昼まで眠りこんでいるところなのに、今日に限って、朝八時前にぱっちり目が醒《さ》めた。

くだんのスピリチュアルな友人だったら、「それ、呼ばれてるんだよ!」などとのたまうのかもしれないが、あいにくと不信心者なのでそういったことはわからない。とりあえず、晴れていたらにしようか、なんて消極的な気持ちでいたところ、いざカーテンを開け放ってみると、空は抜けるような快晴で――よし行くか、と決意するまでもなく、ふらふらと足は駅へと向かっていたのだった。

周辺はおしゃれなカフェなども点在している観光地なのだが、まるで何かにとりつかれたような勢いで朝食もとらずに出てきた私は、すきっぱらを抱えたまま、一路神社を目指した。

鳥居をくぐり、手水舎《ちょうずや》へ向かう。かつて、実家近くの神社に初詣《はつもうで》に行く時などは、屋台で買い食いをしたままの手を洗いもせずにお参りしていたものだが、今回はなんとなく正式な手順を踏んでいこうという気分になる。柄杓《ひしゃく》を取って両手を清め、手のひらにためた水で口もゆすぐ。龍《りゅう》の口からちょろちょろと注がれる水はひんやりとして、ぱさついた指先や口の中を、浸み渡るように潤《うるお》してくれた。

休日はいつも女性の参拝客で行列ができるほどごったがえしているとネット情報にはあったが、今の境内《けいだい》は閑散《かんさん》としていた。こぢんまりした参道の脇には常緑樹が鬱蒼《うっそう》と生い茂り、赤い木造の鳥居をなかば覆《おお》い隠している。私は白い石畳を先に進んだ。

歩きながら何気なく脇に視線を落とし、あ、と思った。朱色の塗装のはげた鉄製の枠に、写真で見たとおり、無数の絵馬がかかっている。

たわわに実る、とでも表現するのが正しいほど、こんもりと重なった白木の板――押し出されて吊り紐《ひも》がぴんと張った一番上に、見覚えのある筆跡がある。なんだっけ、と記憶を漁り、すぐ思い出した。あの、子供を奪われたお母さんのものだ。

そこには、びっしりと並ぶ呪いの文言ではなく。

『ありがとうございました』

とだけ、ぽつんと書かれていた。

……どういう意味、なんだろうか。

絵馬の群れを横目で眺めながら通り過ぎると、すぐに本殿に着いた。狭い境内なのだ。

正面に立ち、賽銭《さいせん》に五円玉を投げる。にび色の鈴を見上げながら黒ずんだ紐を左右に振ると、やや控えめに、がらんがらん、と重く錆《さび》ついた音を立てた。続けてぎこちなく、二礼二拍手一礼。

それだけで――不思議と、敬虔《けいけん》な心地になった。誰と話しているわけでもないのに、それどころか言葉のひとつも浮かばないのに、誰かと対話しているような。

じっと目を閉じてしばらく頭を下げていたが、後ろから女性の集団の声が響いてきて、私は慌ててその場を退《しりぞ》いた。

同じ足で、本殿の傍らにある社務所に立ち寄り、カウンターに陳列《ちんれつ》されたお守りや絵馬をひととおり眺めてみる。なぜかずっと、先ほど見た、『ありがとうございました』の文言が頭を離れてくれなかった。

意味なんて深く考えても仕方ない。

特徴的な字だったから、とっさにあのお母さんの絵馬だと思ってしまったけれど、冷静になれば、たまたま似たような字を書く人のものだった可能性のほうが高い。私の記憶だって曖昧《あいまい》なものだ。

　万が一、お母さん本人のものだったとしても。単に……犯人への怨念《おんねん》と縁が切れ、気が晴れた、ってだけのことかもしれないじゃないか。そのほうがいいじゃないか。いや、そうに違いない。

　だって、あのお母さんが願っていたのは。

　――〝……を、この世に存在するうちで最も残虐なやり方で殺してください。あいつが生きている限り、私は夜眠ることもできません〟

　あの願いが、もし、叶ったのなら。

　いやいや、万が一にもの、まさかだけどね。そっか。だとしたら。


　……いいなぁ。


　ふと浮かんだ感想が、否定しようのないほど明瞭で、私は呆然とした。

　その時、はっきりと間違いようもなく。足の裏がむずむずするもどかしさとともに、胸の奥からこみあげるような羨望《せんぼう》を覚えたのだ。

「こちら、一枚いただけますか」

私は唇を舐《な》めて湿らせると、小さな木の板を一枚手にとって、カウンターの向こうからこちらの様子をじっと窺《うかが》っていた巫女《みこ》さんに声をかけた。

「五百円のお納めになります」

表情の乏しい巫女さんがぼそぼそと返してくれ、私は財布から五百円玉を取り出して差し出された手のひらに落としこむ。巫女さんのほっそりした白い指は、まるで蠟《ろう》細工のように現実感を欠いて見えた。

「書くものはそちらにご用意してありますので」

示されたほうを確認して頷くと、最後に、巫女さんはぼそりと付け足してくれる。

「どうぞ悪縁が切れますように」

何か見透かされた気がして——私は一礼すると、こそこそと逃げるように絵馬を書くためのサインペンが置かれたところに身を寄せる。

何を書こうかなんて、迷うこともない。

『この世の誰にも私がやったとバレないように、岸本暁仁を殺させてください』

一息にサインペンで書きあげる。

たかが絵馬だ。そう思うのに。

書いた面を隠すように両手で胸に抱きしめて、塗料の剝げかけた鉄枠に小走りに駆け寄り、私はそっと絵馬を吊るした。おまけに一度かけたものを、思い直して『ありがとうございました』の絵馬の下に隠す。

胸がどきどきと高鳴る。ああ、書いちゃった。いいのかな、こんなことして。罪悪感なのか、達成感なのか、そのどちらもなのか、何とも言えないそわそわした心地を味わいつつ、私はそのまま逃げるように神社をあとにした。

＊

それから、私は後悔に襲われた。

あの絵馬を、もし知り合いが見つけでもしたらどうしよう。いや、私の名前は書いていないけれど、筆跡でわかる人にはわかるかもしれない。今からでも、やっぱり引き上げてこようか……。

実に小市民らしくぐだぐだ悩んだ挙句、これまた小市民らしくだんだんどうでもよくなってきた私は、夕方になるころには「たかが絵馬じゃないか」とすっかり割りきっていた。

結局、気ままなおひとりさまで周辺の観光地をうろつき、お団子や手焼きせんべいをぱくついたあと、とくに知り合いに会うこともなく帰宅した。

スマホをいじりながら、何を調べるでもなくSNSの履歴などを遡《さかのぼ》っていたら、ピンポン、とチャイムが鳴る。インターホンから若い男の声が響いた。

「宅配でぇす」

「はい」

青いストライプの制服を着た宅配員のお兄さんは、私に細長い段ボールの箱を手渡して帰っていった。

品名は見なくてもわかる。

……例の金属バット、思ってたより早かったなあ。

カタログギフトのキッズカテゴリだから、もっと脆《もろ》くて安っぽいつくりかと思いきや、開けなくてもわかるほどズッシリと重い。それこそ本当に凶器に使えそうだな、とひっそり笑う。

さて、これ。届いたはいいけど、どうしよう。

近所の小学校に寄付でもしようかなあ。だったら新品がいいし、梱包《こんぽう》は解かないほうがいいかもしれない。もっとも、平日に渡しに行ける日なんてあるわけもないから、いつになるやらだけれど……。

バットを箱のまま壁に立てかけ、私は窓の外を見る。単身用マンションの八階からは、ちかちかと輝く都会の夜景と、その街明かりに追いやられ、肩身が狭そうにごく薄く輝く夜空の星を眺めることができる。

「あーあ」

知らず、ため息がこぼれる。彼氏と過ごしていてもおかしくなかったはずの週末は、なんだか思いつきのせいで不可思議なものになった。後悔は、ないけれど。

ばすんとライムグリーンのベッドに転がり、目を閉じる。適度に歩いたせいか、健康的な疲れが体を支配している。

絵馬になんのてらいもない本音をぶつけたからだろうか。どことなく胸が軽い。縁切りの神さまが、私の中のもやもやを切り離して、少し楽にしてくれたのかもしれない。

そう思った。

＊

その晩。

――奇妙な夢を見た。

といっても、風景そのものは別にどうということもない。同じ、この部屋のベッド。同じライムグリーンのシーツ。枯れたプランターのプチトマト。並んだ栄養ドリンクの瓶。

妙なのは、夢の中の私の思考回路である。

まず、これは夢なのだなぁ、と自覚していること。おまけに夢の中だというのに、シーツの手触り、テーブルに飲み残した紅茶のにおいまで感じるほどにリアルで——こういうの、例のスピリチュアルな友人が「夢だって自分でわかってる夢？　それって明晰夢《めいせきむ》っていうんだよ！」と言っていた気がする。

眠ったのは夜のはずだけれど、窓から見える景色は真っ昼間のそれだ。空は快晴。ちょうど、神社にお参りした時のような、すかっと気持ちいいほどの青一色。

ああ、本当にいい天気だ。

そこで、私はこう思うのだ。

せっかくこんなにいい天気なんだから、今日は係長を撲殺することにしよう！

——と。

なんで今までこんな簡単なことに思い至らなかったんだろう。天気がいいなら絶好のお出かけ日和。ちょうど素敵な凶器も届いたことだし。だって、もとはといえば、あいつを殴り殺すためのバットだったじゃない？

そうだよ、殺したいなら、やっちゃえばいいじゃない。

どうせ夢なんだ。「明晰夢は、自分でやりたいことができるのが魅力なんだよ！」と、友人も熱く語っていた気がする。

そうと決めたら善は急げだ。まるで朝ごはんのメニューを決めるがごとき気楽さで、私は鼻歌交じりにバットの梱包を解く。中からは、やはりずっしり重い、にび色のバットがつるりと現れた。

いや、けど。いくらなんでも凶器を剝《む》き身で持ち歩くのもなあ。

そう思って、クローゼットの奥から、しばらくご無沙汰《ぶさた》していた大きな黒のボストンバッグを引っ張り出す。学生時代は旅行の相棒だったお気に入りのバッグの中にバットを無造作に詰め込む。

……あはは、バッグちっさ！　っていうか、バット、長っ！

特大ソーセージが売りのホットドッグよろしく、可愛らしい女性用の黒いバッグからはみ出したバットに、たまらず私は噴き出した。何これ。面白すぎるわ。

まあいいや。どうせ夢だし。このままで。ホットドッグだっていうなら、これからまさにケチャップつけに行くわけだし、うってつけでしょ。

ぶかっこうなバット入りボストンバッグを眺めてひとしきりケラケラ笑い転げたあと、私は意気揚々と出勤準備を続けた。


そこで、——目が醒める。


ぶぶぶ、と振動しているのは枕元に転がったスマホで、他でもない私自身が、ほんの一時間だけ眠るつもりでしかけたアラームだった。

窓から見上げる夜空は真っ黒い。時計は午前零時を指している。

——いやな夢だったなあ。

そう思ったはずなのに、不思議と気持ちは晴れ晴れしていた。

——やりたいなら、やっちゃえばいいじゃない。

かさついた唇を歪め、私は笑った。できるはずもない、およそ常人離れしたその思考が、なぜかことさらおかしく感じられた。

＊

……よっぽど疲れているのだろうか。

夢は、その一度限りでは終わらなかった。

翌日の晩、ベッドに入って眠りに落ちた途端——私はまた、同じ快晴の空を見上げながら、朝陽《あさひ》の眩しさに目を細めていた。

室内をぐるりと視線で舐めると、やはり床には栄養ドリンクの空き瓶が散乱し、窓辺のプチトマトは無惨な姿を晒《さら》している。いつもどおりのワンルームだが、一点違うのは、ベッドの傍らにでんと置かれたボストンバッグだ。金属バットの突き出た、黒く邪悪なホットドッグ。

よかったぁ、ちゃんとあった。

それを見つけた途端、私の心はたちまちうきうきと沸《わ》き立った。

凶器はオーケー。さて、何を着ようか。実家から持ってきた小花柄の白いパジャマのまま、ふむ、と口許に手を当てる。

オフィスに行くまでに怪しまれないように、できるだけいつもどおりの格好がいいかな。それじゃ、パンツスタイルで、腕の上げやすい水色のフリルシャツ……いや、でも、返り血を浴びる可能性があるのか。上下とも色は濃いほうがいいだろう。犯行の妨げにならないように、靴は歩きやすくて足音が立たないものにしようっと。

簡単にメイクを済ませて身支度を整えると、バッグを摑んで颯爽《さっそう》と家を出る。

ああ、本当にいい天気。まるで、世界が私を応援してくれているみたいだなんて、子供じみた妄想にかられて嬉《うれ》しくなった。さあ、今日は係長を殺そう。せっかくこんなにいい天気なんだ、もう係長を殺すっきゃない。

やがて駅に着こうかというころ、カンカンと鳴る踏切の音を聞きながら、私ははっと我に返った。

別に、馬鹿げたことを計画したものだと反省したわけではない。思い出したのだ。

そういえばあの人、会社には誰よりも早く来て、いつもひとりでコーヒー飲んでたじゃないか。決行は、帰り際より朝がいいはず。

特に早起きしていないし、これは一度出直すしかないかな……。しょんぼりと腕時計を見ると、不思議なことに、出勤予定時刻の二時間も前だった。このまま行けば、係長が一人でいるタイミングに間に合うだろう。なんてラッキー！　やっぱり運は私の味方らしい。


――そしてまた、そこで目が醒める。

ぶぶぶ、と震え続けるスマホに、布団の中からのろのろと手を伸ばし、引き寄せる。しょぼしょぼと開きにくい目をパジャマの袖口《そで》でこすりつつ、起床時刻であることを確認すると、私はカーテンの隙間《すきま》から外を見た。朝ではあるが、空は快晴どころか灰色。曇りだ。

次いで緩慢な動きで身を起こすと、私はベッドの上から、部屋の片隅にあるはずのバットを探した。ほどなく、段ボールの箱に入ったままのそれを見つけて、ため息をつく。

……いくらなんでも、なあ。二日続けて同じ夢を見るとは。

我ながら恐るべし、深層心理。怨《うら》み骨髄《こつずい》とはよく言ったものだ。

＊

その翌日も、またその翌日も。私は同じように係長を殺しに向かう夢を見た。

朝、同じ夢から醒めると、真っ先に、壁に立てかけた金属バットを確認する。今日も、バッグに詰めるどころか、バットの包装を解いてもいないことに、ほっと胸を撫《な》で下ろしたのだった。

「……っ！」

しかし、日を追うごとに、ホットドッグまがいのボストンバッグを持って電車に乗るところ、会社の最寄り駅からオフィスに向かうところ……と、夢はだんだん係長を殺す瞬間に近づいてくる。

たかが夢だ。

別に、大したことじゃない。

その証拠に、そんな変てこなバッグを持っているのに、通勤電車の中でも、道端でも、誰も私を気にしない。本当に、空気にでもなってしまったように。

だからって、夢でも、いくらなんでも……殺すだとか。そんなこと。

服を気にしたりと中途半端にリアルな計画性もあいまって、最初は、目覚めるたびに自己嫌悪に苛《さいな》まれていたはずなのに。夢の中で、まるで遠足に向かう小学生のような、妙に愉快な気持ちを味わううちに、いつしか罪悪感は薄れてきていた。


その日は、――なんとなく、眠る前から「ああ、今日あたり、そろそろなんじゃないのかなあ」という予感はあった。

一歩一歩、じりじりと少しずつ瞬間ごとを切り取るように進んでいた夢でも、とうとう、オフィスに着いてしまったのだ。

私のフロアは、七階だ。夢だからか、実に都合がいいことに、守衛室には誰の姿もなく、社員証をカードリーダーに通さなければ開かないはずのゲートも勝手に開放されていた。

何に邪魔されることもなく、まだ薄暗いオフィスの廊下を歩く。動きやすくヒールのないベタ靴を選んで履《は》いた足が、ひたひたと静かな音を立てた。

七階に着くと、これまた社員証をかざさなくても、自動ドアが開きっぱなしになっている。

私はそっと首だけ突き出して、自分の島があるほうを注意深く窺った。

――いる。

こちらからは、デスクに向かう猫背と、その上に乗っかった、てかてかとリキッドの光る髪しかわからないが。間違いようもない、岸本暁仁の姿がそこにある。ふわりと、挽きたてのコーヒーのにおいが鼻先をくすぐる。

苦くて、甘ったるい。こうばしくて吐きそうになる、あの香り。

においを辿るようにそちらに近づきながら、私はそっとボストンバッグから金属バットを取り出し、両手でグリップを握りしめる。バットなんて、小学校の体育でソフトボールをやった時以来握っていなかったくらいなのに、重たく冷たいそれは、異様にしっくりと手のひらになじんだ。

彼はパソコンに向き合い、なにやら仕事に勤しんでいるらしい。

夢の中だからだろうか。吐く息が髪にかかるほど近くにいるのに、係長が私に気づく様子は、いっさいない。両手で構えたバットを下ろせもせず、彼の真後ろにぼんやりと立ちつくしたまま、私は視線をさまよわせた。ブラインドを上げもせず薄暗いオフィスの中に、彼がカチカチとマウスをクリックする音、時おりコーヒーを啜《すす》るずずっという音だけが響く。

所在なくなった私は、そこでなんとなく、彼が見ているパソコンの画面に視線を落とした。開かれているのは、何か表のようなものだ。

しばらく目で追ううち、液晶に並ぶ文字の意味に気づき、私は息を呑む。

それは、——人事部からの、配属がえの打診だったのだ。

査定のシステムを、ヒラの新人である私はよく知らない。が、目を凝《こ》らして読んでいくと、どうも「次回すぐにとはいわないまでも、いずれ転属させるなら、どういう人物がどこに向いているか」という内容を報告するものらしい。

そして、人事はあらかじめ、「この配属にこの人材はどうか」というあたりをつけた上で、各部署に推挙する者をシートに書き込んで送っているようだ。そして、その直属の各上司が、「そのとおりだ、向いている」「いや、この人物はここではない」と向き不向きを判断して、その人物の名前に赤線で消し込みを行う……というスタイルのようだ。

そこまで理解したところで、思わず、あ、と声が出そうになる。

表の中には、営業や、経理などの業種に加え、旅行のプランニング事業部が——私の憧れの部署の名前がある。

そして、人事の推挙する人物の中には、私の名前もあった。

……うそ、みたい。本当に……？

思わず、涙が出そうになる。かろうじて、声にはせずにすんだけれど。

面接の時に、たくさんの人を喜ばせるプランニングがしたいと、経験もないのに熱く語っていた私を、人事の担当者は覚えていてくれたのだろうか。備考欄に「現部署で経験を積ませたら、いずれ」という旨《むね》のただし書きはつけられていたが、それでも。

全部が無駄じゃなかったんだ。だって、ここでふんばれば、次には、もしかしたらってことだから……。そんな希望が湧き、私の胸を躍らせた。

そうだ。先日の企画でも、彼が言ったんじゃないか。

ここで功績を立てれば、評価の足がかりにできるかもしれないって。

——ひょっとして。手がらこそ、横取りしたけれど。

彼だって人の子だ。あの約束だけは、守ってくれる気なのかもしれない……。

図らずも、岸本係長も同じ欄を見ていたようだ。彼は、スクロールの手を止め、じっと画面に見入った。

こちらからは背中しか見えない。

けれど、ふっとその唇から失笑がこぼれた気がしたのは、果たして思い違いだったのか。

彼はマウスを動かすと、私の名前をドラッグする。

そして、何のためらいもなく、その上から『不適格』の赤線を引いた。


――その瞬間。

かっと腹のうちに燃え上がった炎を。肋骨《ろっこつ》を軋《きし》ませ、心臓を絞るような、どす黒くて、激しいこの感情を。

ずっとずっとため込んで、でも誰にも言えずにいた。その想いが。

どうっと一気にこみ上げて、嘔吐《おうと》のように喉元にせり上がり、腕に力を漲《みなぎ》らせる。

一切合財《いっさいがっさい》、ためらいも迷いも消えてしまった。

彼が再びコーヒーを手に取り、一口啜った瞬間、私はバットを振りかぶり、思いっきりその後頭部に叩きつけた。


――ぐしゃり。

呆気ないほど簡単に、その頭は抉《えぐ》れた。

第一印象は、スイカ割《わ》りのスイカみたいだな、というものだ。見た目もだし、強度も。そのあたりが、夢らしいといえばそう。

でも、実際こんなものだとしたら、――人間の頭って、ずいぶん頼りないつくりなんだなあ。

やすやすと上部を吹き飛ばされた頭は、まるで発泡スチロール製のハリボテだ。はんぶんこにでもしたように、下だけ残った顎《あご》に並ぶ歯列が、理科室の骨格見本を想起させる。

前に飛び出すように生えた舌が、ビックリ箱じみていた。

けれど、わずかに時間を置いてから、ぱっくりと開いた断面から、詰まっていたものがとめどなく湧き上がっては溢《あふ》れ、いやあぼく、実は本物の人間だったんですよねえ、と冗談みたいに主張してくる。

一拍遅れで、ビシャリビシャリと水音を立てて、それこそトマトケチャップをぶちまけたみたいに、もう液体だか固体だか何だかわからないものが、勢いよく飛び散っていく。それは椅子に、デスク上の書類に、パソコンに降り注ぐ。力の抜けた手から滑り落ちたマグカップが床に転がり、こぼれたコーヒーが控えめに黒い水たまりを作っていたが、すぐさま赤に塗りつぶされてわからなくなる。

赤い。

……赤い。

まるで、雨が降っているみたい。

生温かい、赤い雨を浴びながら、私はなおも係長の背を睨んでいた。

頭部が半分消えてなお、しばらく同じ姿勢で血まみれのパソコンに向き合っていたその身体は、やっと思い出したようにぐらぐらと揺れ始める。そのまま、居眠りでもするように、前のめりに机に倒れ込んだ。突いていた肘《ひじ》が折れ、タイピングの基本ポジションをとるがごとくキーボードの上に載せられたままだった長い指が、身体の重みに負けて前に滑り、画面にぶつかった。ガタン、けたたましい音が耳障りだ。

死んだかな？

……死んだよね？

でも。

まだ足りない。

まだ、もっと。

頭の奥が、じんわりと熱を持って疼く。ああこれ、アドレナリン出てるなあ。他人事みたいに笑いがこぼれた。

ねえ、だってまだ。

下半分、残っちゃってるじゃないですか。

そうですよ、ねえ、係長。

一撃じゃ済まない。何度だって。この男のかたちが、この世にわずかでも残っているのが許せない。

すっかり頭が砕け散って、係長の頭が原型をとどめなくなってもなお、私は彼に向けて何度も何度も何度もバットを振り下ろした。ばきん、ぐしゃん、という固形物を叩き割る音は、いつしか、ぐちゃん、びちゃん、とねばついた液体を搗《つ》くような水音に変わっている。

まだ身体にくっついていたほうをやっつけると、私は首を巡らせて、どこかに飛んでいってしまった上半分を探す。あったあった、床に落ちていた。忘れるとこだった。私は歯をむき出して笑い、またバットを振りかぶる。

言うまでもないが——気づけば、デスク周りは酷《ひど》い有様になっていた。

ぽたぽたと鮮血が滴《したた》り、床に赤い池を作り、そこに、ところどころぶよぶよしたピンク色の肉片が浮いている。砕け散った頭蓋からベロリと剝《は》がれた頭皮が、白い骨片を辛うじて繋ぎ止め、その上からもじゃもじゃした髪の毛が絡みつくさまに、なぜか排水溝に溜まったゴミを連想してしまう。歯など、ずいぶん離れたところまで飛んで散らばっていた。

あーあ、と苦笑が漏れる。今日もきれいにセットしていたのに、こうなっちゃ、かたなしですよねえ。リキッド、追加してあげましたよ。ねえ、係長。

そうそう、真っ赤っかになったそこの書類、例の企画の、新しいドラフトじゃないですか。私が送ったばっかりのやつ、どうせまた、いい加減な修正加えて意気揚々と自分の名前で出すつもりだったんでしょ？　台なしですね。きれいに印刷までしてたのに、こんなドッロドロに汚しちゃ、見てもらえなくなっちゃいますよ？

おまけのように、ころんとふたつ、視神経に繋がれたまま飛び出した眼球が、まるで漫画のような無邪気さで床からこちらを見上げているのが、場違いな笑いを誘う。

そう。

頭がなくなっているくせに、まるで仕事を続けるみたいに机にかじりついている死体も。完成までにさんざん苦しめられた決裁の数々や、水に弱いパソコンが、赤い液体でグチャグチャになっているのも。

ぜんぶぜんぶ、おかしくて、おかしくて――

「ひ、ひひっ、……ふふふ、ふ」

そのまま、私は身を折ると、げらげらとその場で笑い転げた。

あは、あは、あは、あはあはは。

掠《かす》れた声が、ガサガサと喉を這っていく。

バットから片手を放して頰に伸ばすと、ぬるりとしたものが指先に触れた。手のひらに残る骨肉を叩く感触が、やけに生々しく鮮烈だ。

とうとう、やりとげた。

やった、とは思うけれど。達成感よりも、虚脱感がある。

だって——こんなに簡単なら、ファイルでもいけたんじゃないの。

まるでスプラッタ映画のような凄惨《せいさん》な光景を前にして、実に間抜けな感想が浮かんだ。

なぁんだ。ねえ。

簡単だったんじゃない。

こんなに、簡単に死ぬんじゃないか。

あんなに偉そうに、あんなに人を見下して、あんなに私を馬鹿にして。生きている価値なんてないような、ゴミでも扱うような目を向けて。私が苦労して作り上げた成果も、全部全部、さも当たり前のように自分のものにして。

あんなにしんどかったのに。あんなにつらかったのに、死んでしまおうとまで思ったのに。でも、こんなに簡単に、あっけなく、ぜんぶぜんぶ、殺して、消して、なかったことにしてしまえるんじゃない。

「ばっかみたい」

声が出た。

なんで、もっと早くこうしなかったんだろう。

すっきりと気が晴れたはずなのに、なんともいえない苦みが口に広がる。

なぜなら、湯気の立つような死体の熱さといい、鼻をつく金臭いにおいといい。あまりにすべてがリアルで、「これ、本当は夢なんかじゃないんじゃないの」という感覚が抜けないのだ。

こわごわ頬をつねるが、なかなか目が醒めない。そして、痛い。

――痛みを感じる、ということは。

もしかしなくても、……夢じゃない？

夢じゃ――

嘘、でしょう？

「ど、しよ……」

呟くと、声が震えた。

その震えを認識すると、さらに倍増しで、どっと焦燥《しょうそう》が襲ってくる。

どう、しよう。どうしよう。どうしよう。

どうしようどうしようどうしようどうしよう！

完全にパニックに陥った。判断能力が鈍り、処理落ちしかけた頭の中を、どうしよう、どうしよう、ただそれだけが広告塔の電光掲示板みたいにぐるぐる回っている。

やがて、当然のように行きつく結論は。

「かっ、隠さ、なきゃ……」

隠さなきゃ、隠さなきゃ、隠さなきゃ。

とっさに机の上に散らかした肉片を摑む。湿って柔らかく、なまぬるいその感触に、悲鳴を上げて指を引きかけるが、かろうじて焦りが勝った。

どうしたら。隠せる場所。どこだ。どこに隠すの。勢いよく開けた引き出しの中に、肉片や血液を手あたりしだい、ビチャビチャと掻き入れていく。

だめだ、隠せるわけがない。当たり前だ。収まりきれないそれは、鼠《ねずみ》色のデスクの上に赤い模様を広げ、さらに収拾がつかないことになる。

そうこうするうちに、背後が騒がしくなってくる。

誰か来た。職場の同僚たちだ。そうだ、誰かが、やってきてしまったのだ。

すぐに自動ドアの開く音が聞こえ、足音が響く。「おはようございまぁす」という明るい声は、西野さんだろうか。別の子かも。

誰でも同じだ。どうしよう。こんな状態で。

ばくんばくんと心臓が早鐘《はやがね》を打ち、額からこめかみから背中から、どっと汗が噴き出す。

やめて。今、こっちに来ないで。お願いだから——！


——そこで、目が醒めた。


ぶぶぶ、と呑気なスマホの振動が、起床時刻であることを報《しら》せてくれる。

「……ゆめ」

私は布団の中からのろのろと手を伸ばし、アラームを切る。

……夢。

はっと壁際を見る。凶器になったはずの金属バットは、しかし、やはり梱包されたままでそこにあった。さすがに、箱を開けて中の色や感触を確かめる気にはなれなかったが。

「よかった、夢だった……」

思わず呟いた。

それはそうだろう、人間の頭があんなカンタンに潰れるはずないし。おまけに、生まれてこのかた純文化系で、腕相撲《うでずもう》で同性に勝ったことすらない私の貧弱な腕力で、あんなことができてたまるか。

——あんなことが。

その瞬間、脳裏に生々しく、夢の中の光景が蘇《よみがえ》った。

飛び散った鮮血。ピンクの肉。白い骨。透明なアクリルでできたような眼球は、あの男のものと思えないくらい純粋に見え、そして、目が合った。

「う、っぐ、え……」

急激に胃からせり上がり襲ってきた強烈な吐き気に、私はベッドから転がるように降り、ユニットバスに駆け込んだ。

トイレの便座を抱きしめるように顔を近づけ、胃の中のものをすっかり出してしまう。

そういえば昨日のからあげはチーズ味だったんだっけ、と間抜けな感想が浮かんだ。

全部吐ききってしまうと、私は手の甲で口許をぬぐい、もたつきながら立ち上がった。

肩を上下させながら荒れた呼吸を宥《なだ》め、ふらつく足元を支えるように、洗面台に手を突き、鏡を見る。

疲れきり、目の落ちくぼんだ、ひどい顔がそこにある。

でも、改めて夢だと実感した瞬間、安堵《あんど》のあまり涙がこぼれそうになった。

……夢で、よかった。

本当に、よかった。

そこでふと、神社の絵馬のことを思い出す。

あれは、……ひょっとしたら。

神さまが、夢を使って、「殺人なんて馬鹿なことを考えてないで、前向きに生きなさい」って、たしなめてくれたのかもしれない。

それはそうだろう。あんな奴を殺したところで、罪を犯した私の人生が台なしになるだけで、何もいいことはない。

それより、明日のことを考えて生きなさい、と。そう、示してくれたのだろうか。

たしかに、いざとなったら殺してしまえばいいんだ！　とまで思い、かつ夢の中で実行に移した時の私は、妙に爽快《そうかい》な心地になっていた。

人間、いざとなれば何でもできる。

上司に何もかもを否定されても、それは彼と私が合わなかっただけのことで。六年付き合った彼氏に振られても、別にもっと感性が合う人を探せばいい。さすがに、けじめとして最後に話くらいはしたかったけど、それももう、終わった話だ。

いろいろと心底思い知らされた気分で。平たく言うと、それこそ〝目が醒めた〟のだった。

……荒療治もいいところだけれど。

神さまありがとうございます、と声に出さずに心の中で呟き、何気なく洗面台の上のデジタル時計を見る。

――九時二十五分。

なお、わが社の始業時刻は九時半だ。そして、ここから会社まで電車にも乗って二十分はかかる。だって、さっきアラーム切ったところなのに！　と慌ててスマホを確認すれば、なんとけなげにもスヌーズが二時間近くも鳴り続けていたようだった。

「完全に遅刻だ……!!」

私はばたばたと身づくろいし、あわただしく家を飛び出した。

途中、会社に「すみません遅れます！」と電話をかけようとしたが、今日に限って誰も出ない。どうしたんだろう。オフィスの方針として、電話はワンコールが鳴りきる前に取れ、と言い含められているので、おかしいなと思いながら駅に走る。

仕方なく、係長の個人携帯に電話をかけてみた。昨晩撲殺した相手の声を朝っぱらから聞くのは気が重かったが、何十回もコールしても、彼が出ることはなかった。

次は課長。これも出ない。最終手段として、ＳＮＳのチャットルームで、同僚の小林さんや井坂さんに、「寝坊して遅れます」と書いて送る。駄目もとで西野さんにも。

しかし、こちらもやはり既読もつかない。

これはもう、会社に直接駆け込んで、平身低頭「寝坊しました」と謝るしかないらしい。

腹を決めて電車に揺られ、車窓の向こうを流れていく風景を、やきもきしながら眺める。

通い慣れた道を全力で走り抜けて会社のビルまで駆けつけた時、私は違和感に首を傾げた。

灰色の大きなビルの前に、信じられないくらいの人だかりができていたのだ。これをかいくぐっていくのは、ちょっと骨かもしれない。しかし、何があったんだろう。

「犯人捕まってないって」

「防犯カメラが全部ブラックアウトして何も映ってないって、まじ？」

「ホトケさん、状態やっぱいらしいよ……」

「被害者ってこの会社の人？」

切れ切れに聞こえてくる会話に不穏なものを感じながら、人だかりの隙間から向こうを見る。すると、見慣れた玄関ホールの前に、ドラマの中でしか見たことのない、『立ち入り禁止』や『キープアウト』と書かれた黄色いテープが張り巡らされていて、さらに度肝《どぎも》を抜かれるはめになった。

おまけに、よく見れば道路には、パトカーまで止まっている。それも、何台もだ。

なんだ、これ。どういうことなの。

「あ、あの！　何があったんですか？　ええっと、私このビルに入ってる会社の人間なんですが、さっき来たところで何が何だか……」

私はとっさに、近くで中の様子を窺っていた野次馬らしきサラリーマン風の男性を捕まえてみた。通りすがりに興味を引かれて立ち止まっていたのだろう彼は、「ああ」と快《こころよ》く応じてくれる。

「殺人事件だよ。なんか、朝早くに来てた社員が一人殺されたんだってさ。犯人もまだ捕まってないとかで、ビルの中にいた人間みんなとっつかまえて捜査中」

「えっ……」

私は絶句した。

この会社で、殺人事件？

ふと、昨晩の夢が脳裏をよぎる。今の私には刺激が強すぎる単語だ。そんな恐ろしいことが、まさか、あんな夢を見た翌朝に起ころうとは。気味の悪い符合にぞっとしながら、私は彼に「どこの部署とかってわかりますか？」とおそるおそる尋《たず》ねた。

「僕はここの会社の人間じゃないし、詳しいことはわかんないんだけど……さっきちらっと警察の人が話してたのが聞こえたぶんには、場所は七階だって」

――七階。よりによって、私の部署だ。

心臓が、いやな具合に跳ねる。背中に滲《にじ》む脂汗《あぶらあせ》に自分でも気づかないふりをしながら、私は視線を地べたに落とす。

目に痛いほど陽光を眩しく照り返す敷石の白さで、やっと、ああ今日は――今日も、快晴なのだ、と漫然と思った。

黙りこんだ私に、彼は、なおも続けた。

「あと、死因は撲殺らしいよ。凶器は見つかってないけど、何かバットみたいなものだって。でも、人間の仕業じゃないってくらい、よっぽど強い力で何度も何度も殴られたのか、頭部は誰だったのか判別つかないくらいぐっちゃぐちゃなんだってさ……」

ぐらり、と。

視界が回って、私はふらふらと後ずさった。

「！　きみ、大丈夫……」

「いえ、だいじょうぶ、です」

サラリーマンは私の顔色が変わったのを見て心配してくれたが、手を振ってその場を立ち去る。だって。

まさか、まさか、まさか。

偶然だ。そうに、決まっている。

殺されたのが係長だとも限らない。

係長はおろか、課長や同僚からもいまだ連絡はなく。結局、七階のあのフロアで何があったのか、詳しくは何もわからないままなのだから。

そう思った瞬間、不意に、鞄《かばん》に入れていたスマホが振動を始め、私は慌てて外付けポケットの中をまさぐった。発信者もろくに確認せずに通話ボタンを押すと、端末ごしに、聞き慣れた課長の声が叫ぶ。

『加古川さん！　今どこにいるの』

「す、すみません……寝坊して……い、今、会社の、前に……れ、連絡もしたんですが」

『あっ、そうだったね、ほんとだ着信あるね。いや、ご、ごめん。れ、冷静に、お、落ち着いて、聞いてほしいんだけど』

しどろもどろに返すと、さらに課長は焦ったようにまくしたててきた。冷静に、という彼自身が、一番その言葉から遠い。

『岸本くんが、殺されたんだ』

「……」

『ショックだと思うけど、とりあえずきみは自宅に待機しておいてくれ。きみのラインは幸い全員まだ出勤前だったけど、出てきてた社員には警察から事情聴取があって、──加古川さん？　聞こえてる？』

カツン。

手から滑りおちたスマホが、敷石に当たってからころと転がっていく。少し遠くにある、ひびの入った画面を、私はその場に立ちすくんだまま、呆《ほう》けたように見下ろしていた。

＊

そこから先のことは、よく覚えていない。

──気づけば私は、あの神社の前に立っていた。

これもまた夢の続きなんじゃないかと、際限なくつねった頬がひりひりと痛い。今度こそ目が醒めなかったから、これは夢ではなく、現実なのだ。

違う、違う。そんなわけない。

私が殺したわけじゃない。早朝には、私は間違いなく自宅のベッドで寝ていたし、バットだって梱包されたままだったし。防犯カメラにだって、何も映っていないって。

ただ、それでも、どうしても——あの絵馬をどうにかしなければ、と。

その焦りだけに衝《つ》き動かされ、私はわき目も振らずにあの縁切り神社に来たのだった。

今度は手水舎で手を清めることもなく、参道を足早に進んで、絵馬の吊るされた金枠に駆け寄る。平日だからか、今度も、境内には人っ子ひとり見当たらなかった。

吊り下がった白木の板を繰りながら、自分の絵馬を探す。

……ない。

どこにも、ない。

あれからたくさんの参拝客が来たのだろう。あの『ありがとうございました』の絵馬を目印にしたが、私の絵馬はおろか、そちらもまったく見当たらない。

どうしよう。あんなもの、誰かに見つかったら。それとも、ここの神職さんには読まれてしまっているだろうか。処分されているといいけれど、万一、残されていたら……。

恐怖が指先を迷わせる。おぼつかない手つきで、私は絵馬をめくり続けた。

「あっ」

声が出た。『岸本暁仁』『殺させて』という文字が見えたのだ。

私の絵馬、よかった……まだあった！

足元からくずおれそうな安堵感とともに、絵馬を枠から外して回収にかかる。赤い組み紐に手を伸ばした瞬間、同じタイミングで出てきた誰かの指とぶつかった。ピンクの凝ったネイルアートが施された、きれいな手。

――心臓が口から出るとはこのことだ。

「す、すみません！」

慌てて謝り、頭を下げる。どうしよう。見られてしまった！

誰かに見られてしまった、こんな絵馬を書いたことを。

そのまま顔を上げられずに、ぶるぶると震える私の鼻先を、かいだことのあるボディミストの香りがくすぐった。

甘ったるい、バニラの、におい。

はっと視線を上げ――声を失う。

「……西野、さん？」

同じ絵馬に手を伸ばしたのは、西野さんだった。

いつも笑顔で、明るく可愛い西野さん。セクハラまがいの発言をする係長とも、うまく関係を築けているふうだった西野さん。それが、まるで能面みたいな無表情で、じっと私を見つめている。私も言葉が出ず、ただ、彼女を見つめ返した。

こつ、こつん。

不意に新たな足音を耳が拾い、私はおのずと顔を参道のほうに振り向ける。案の定、新たな参拝者が息せき切ってこちらに駆け寄ってくるところだった。それも二人も。

小林さん。井坂さん。

ひどく焦ったように走ってきた彼らは、ふと私と西野さんの姿を認めると、同じく、すうっと表情を消して足を止める。おそらく、私も同じ顔をしているのだろう。能面みたいな、無のそれを。

まるで遠巻きに円陣を組むように、私たちは向かい合った。


——ふと空を仰ぐ。

そこにはやはり、目に沁みるほど青い、雲ひとつない晴天が広がっていた。

天井の梁

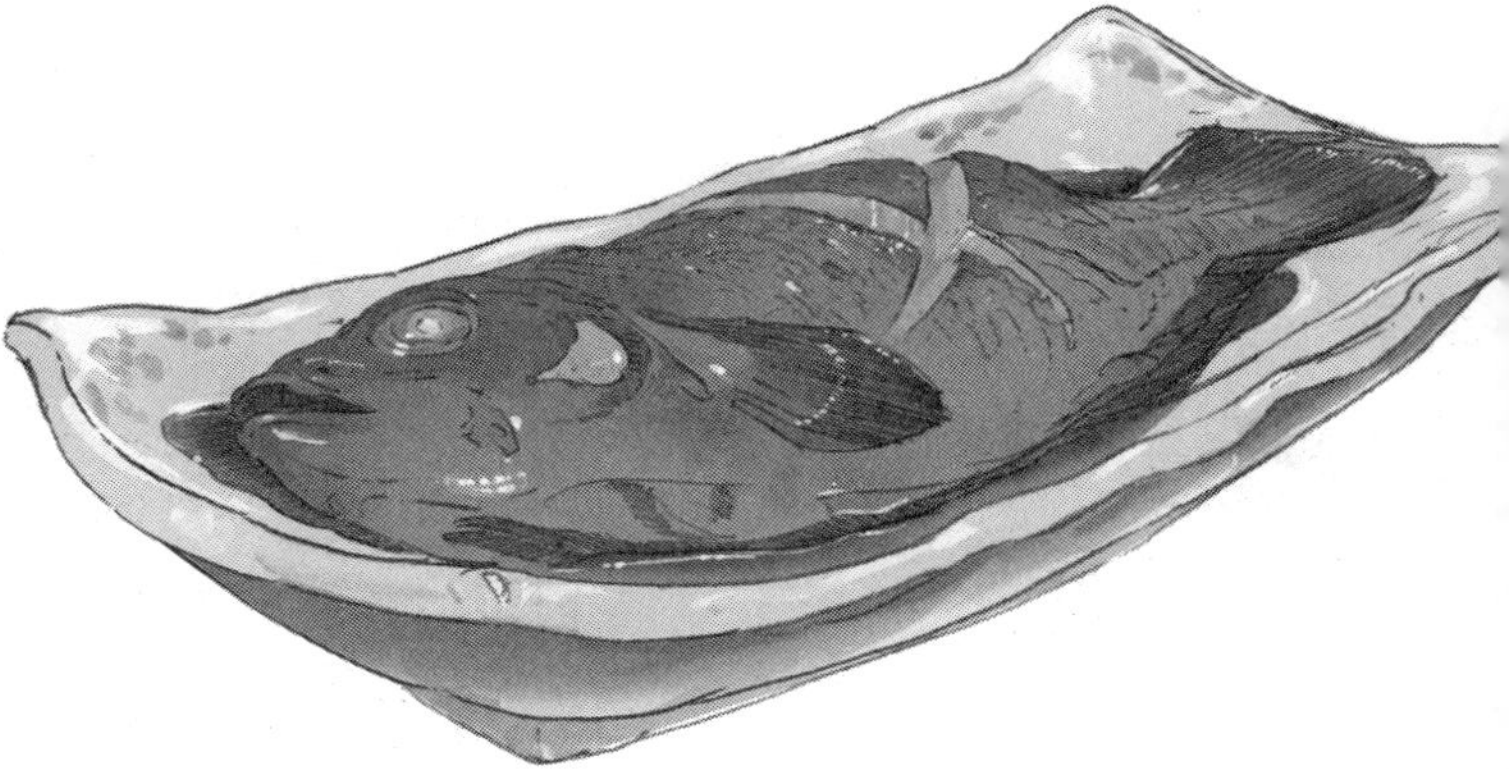

好きな食べ物は何かと訊《き》かれたら、私が真っ先に思いつくのは『煮魚』である。

大学からの友人たちには「しぶっ！　麻里子《まりこ》、それフッーの女子の趣味じゃないって！」とさんざん笑いのネタにされてきた。でも、本当に好きなのだから仕方ない。

おまけに、ただの煮魚ではなくて、とっても限定的な――〝お母さんの作る、アカハタの煮付け〟が大好きなのだった。

四方を畑と田んぼに囲まれた、非常にのどかな田舎で育った私は、大学で東京に出てくるまで知らなかったが、そもそもアカハタという魚が大変マイナーな代物らしい。斑模《まだら》様の浮いた真っ赤な魚で、皮の下にはゼラチン質の層と肉厚な白身が隠れ、生姜《しょうが》のピリッときいた煮汁でこっくりと味を含ませると、箸《はし》を乗せただけで、とろとろ、ほろほろと崩れる。全国のご家庭で日々当然に食べられていると信じこんで育ったので、最初に「ナニそれ？」とゼミ友達に尋《たず》ねられた時のカルチャーショックは忘れられない。

それにしても、どんなお店でも、あの味に出会ったことはない。魚の種類の問題だけではない気がする。小さいころ、せっせと箸を動かしつつ「お母さんのお魚、どうしてこんなおいしいの？」と尋ねた私に、畑仕事で浅黒く日焼けした顔で、母は笑って答えたものだ。

『作り方かあ。うーん、マリちゃんも知ってのとおり。ほんとにコツなんてないのよ。けどなぁ、そうだなぁ。濃い口のお醤油《しょうゆ》を、たーっぷり入れとることかなぁ』

ごく普通の農家だったうちは、私が小学生の時に大黒柱の父を亡くしている。それから女手ひとつで私を育ててくれた母には、感謝してもし足りない。

記憶の中の母は、いつでも笑顔ばかりだ。

『マリちゃん、本や雑誌を作る仕事がしたいんだろう。諦《あきら》めることなんてない！　どぉんと任せなさい。お母さん、こんなこともあろうかと、ちょびっとずつ貯金してたのよ！』

そう言って、高校を出たら働くつもりだった私を東京に進学させてくれると言った時も、母はやはり、変わらぬ笑顔だった。

その晩に食べたアカハタの煮付けの味は、今でもよく思い出す。甘辛いはずの煮汁が、なぜかとてもしょっぱかった。ありがとう、ありがとうと繰り返しながら、そのしょっぱさは自分の頬《ほお》を伝っていた涙が口に入っていたせいだと、気づかないふりをした。

上京して、大学を卒業して、働き始めて。がむしゃらに進むうち、次第に実家から足は遠のき、互いに遠慮して連絡もまばらになっていった。

でも。時々、どうしようもなく、あのアカハタの味が恋しくなる。

――心が弱っている時には、特に。

私――萩原麻里子《はぎわら》が働いているのは、都内のとある出版社だ。

決して大手ではないけれど、ひとつだけ割とメジャーなファッション雑誌を持っていて、その誌名なら知っている人も多いかもしれない。そういう規模の。

ちなみに私が入ったのは、看板のファッション誌ではなく、その傍《かたわ》らで細々と続いてきた、料理雑誌の編集部である。

といっても、正規雇用ではなく派遣契約の編集者なので、年度ごとの更新時期には冷や冷やする羽目になる。大学卒業とシュウカツ氷河期が被ったとはいえ、契約の身分に甘んじたまま今に至るのだから、自業自得だ。どうにか無事に継続された二年目も、間もなく終わろうとしていた。

――そして。

「萩原さん。ここ、なんか気持ち悪いわ。直してきて」

「はい、鈴木《すずき》主任《しゅにん》」

無造作に鼻先に突き返されたレイアウト用紙を、私は、にこにこ笑って受け取った。

内心、「気持ち悪いってなんだろう?」と首を傾《かし》げながら。

うん、……気持ち悪い、か。

鈴木主任によく言われるけど、正確に意図が読めた試しがない。どれのことを指しているんだろうか。装飾デザイン？　文章？　それともフォント？　写真？

とはいえ同時に、以前「どういうことですか」と突っ込んで訊いたら、「それぐらい普通にわかるでしょ。気持ち悪いものは気持ち悪いのよ」とすげなく切り捨てられたことも思い出す。

こういう場合、「もういいわ、これで。あなたに言っても仕方なかったわね」と相手が諦めてくれない限り、彼女の気が済むまでリテイクになるのが常だ。さんざんぐるぐると不可思議なやり直しをさせられた結果、思いあまってそっと最初の案を渡すと、「あら、多少はマトモそうなのあるんじゃない。最初からこれを出しなさいよ」と返されて呆然《ぼうぜん》としたことも一度や二度ではない。

言われたことをそのとおりやれば、「言われたことしかできないなんて、あなた犬か何かなの？　人間なら自分の頭で考えるのよ」と叱責《しっせき》され、ならばと自分なりの工夫を施せば「誰がこんなことしていいって言った？　言われたとおりにすら満足に仕事ができないなんて、あなた社会人何年目？」と呆《あき》れられる。

鈴木主任にとって、何が「正解」で、何が「不正解」なのか。都度考えてきたが、どうも、「本日の彼女のご機嫌」次第としか思えない。とはいえ、理由のレパートリーが尽きたら尽きたで、最終兵器「あなたの仕事、なんか気持ち悪い」が飛び出すだけだ。

皺《しわ》の寄った、手元のレイアウト用紙に視線を落とす。先ほどまでそれをぞんざいに摑《つか》んでいた、ところどころ剝《は》げた真っ赤なマニキュアが、残像のように網膜《もうまく》に焼きついている。

——でも、そんなのもう、今さらだけど。

だから、私は私で、彼女の「気持ち悪い」に対抗する魔法を編みだすことにした。何を言われても、「そういうものなんだ」と割りきるのだ。

私の仕事ぶりは、いつも彼女と何か合わない。そういうものなんだ。

私のすることは、いつも彼女にとって何かが「気持ち悪い」。そういうものなんだ。

私の存在は、いつも彼女にとって何かが気に食わない。そういうものなんだ。

そして、私は彼女の部下。彼女は私の上司。命じられれば従うのが当たり前。そういうものなんだ。

だいじょうぶ、だいじょうぶ、何の問題もない。

そういうもの、なんだから。

そして、苦しくても笑うのだ。「無理にでも口角を上げて笑いさえすれば、幸せのほうからやってきてくれるのだ」と言っていたのは、誰だったかな。

いずれも曖昧《あいまい》で根拠もない、かよわくつたない私のトランキライザー。

本当は、――そうして割りきろうとするたび、胸の奥で、どろっと粘ついた黒いものが揺らぐ気配がする。そこに無理やり上から蓋《ふた》をして、「別に、たいしたことないよね」と片づけていくようにしているだけなんだって、自覚はある。

考えごとで現実逃避を図りながら、微笑《ほほえ》んだまま何も言わない私に、鈴木主任は聞こえよがしにため息をついた。

「ホント、あなたは契約だから、お気楽なご身分かもしれないけど？　それで業績悪化して被害受けるのは、あたしたち正社員なんだから。ちゃんと自分のことだと思ってやってちょうだいよね」

はい。業績が悪化したら、正社員の主任と違って、組合に守られもせず即座に切られるので、もちろん私も必死です。本音を呑《の》みこんで私は笑う。

「すみません。気をつけます」

だいじょうぶ、だいじょうぶ。こんな程度。

このご時世、仕事があるだけ、ありがたいもの。

作り笑いで瞼《まぶた》がひくつき、耳の下で、使いこんで引きつる顎《あご》の筋肉がぷつぷつとちぎれるような感覚を覚えながら。

不意に、――「じゃ、そういうことでヨロシク」と片づけて先ほど休憩に立った鈴木主任が、誰かに愚痴《ぐち》る声が聞こえてきた。声量を抑える気もないのだろう。

「ねえ、今の聞こえてた？　ゴメーン恥ずかしーい。でもね、ホントいやになるわよ。あの子、何言ってもへらへらして。毎日こっちは必死だっていうのに、真面目に仕事する気あるのかしら……」

そういうもの、そういうもの。そういうものなんだ。

私はまた、ほの暗い感情を押さえつける手に、力を込める。かたかたと蓋をとりのけようと胸の内で暴れるそれらから、目を逸《そ》らすように。

＊

鈴木えりか主任は、この部署に長年居続ける、いわゆる〝お局《つぼね》さま〟である。未婚の三十九歳、お肉多めのお尻を隠すデザインのチュニックを好んで身にまとい、腫《は》れぼったい瞼がかぶさった眼は、細く吊りあがっている。

ほとんど化粧っ気がない顔に、間に合わせのようにビビッドピンクのルージュを引いている唇が、そこだけ別の生き物のように浮きあがって見えていた。

初対面時、「なんだか濃ゆそうな人だなあ」という印象を抱いたけれど、「いやいや見た目で人を判断するなんてよろしくないよ」と慌てて否定したものだ。そう、あくまで当初は。人は少なからず見た目に性格が出るんだろうな、と今はちょっと軌道修正している。

そして、ドラマなんかで見たことはあったけれど、その絵に描いたような〝お局さま〟的行状に、会社に入りたてのころは私も戸惑ったものだ。

たとえば。記事の草稿で「ここをここを直せ」と言われて従うと、「やっぱり気に入らないから元に戻せ」と命じられる。元に戻して再提出すると、「なんとなく」方針が変わったのでゼロから作ってこいと追い払われる、といった具合に。

いや、ちょっと、……それはさすがに。

おまけに気がかりはもうひとつあった。何度もやり直しをさせられるのは私だけ。経験の差かと思って、先輩にチェックしてもらってから案を出すようにしても駄目だった。どんな小さな箇所でも、何か気に入らないところを必ず見つけては、「お話にならない」と差し戻されるのだ。あまりに続くと、わざとだろうか、とこちらも疑い始める。

わが社は残業代が出ない。正確には、正社員には出るけれど、派遣はもれなくサービス残業だ。けれど、要求に全部従っていると、当然のことながら終わるわけがなく。定時帰りできたのは初日だけで、七時が八時に、八時が九時に……を繰り返し、いつの間にか終電が基本になりつつある。いや、帰れるだけましかもしれない。

そんなこんなで終わらない仕事のループに耐えかねて、入って二カ月も経《た》たないうちに、さっそく私も限界を感じ始めたのだった。

当時はまだ、話せばわかる相手だと信じこんでいた私が、鈴木主任に「どうしてですか」「どうにかなりませんか」と交渉しようとしたのはそのころだ。

むしろ、私に至らないところや非があって風あたりがきつくなっているなら直したかったし、せっかく得られた職場を、少しでも居心地のいい場所にしたかったのだ。

そして、強烈なカウンター洗礼を喰《く》らったのも、そのころ。

忘れもしない――とある料理研究家の先生の特集記事について、無意味なレイアウトの練り直しをぐるぐるとさせられた時のことである。

校了は三日後に迫っていた。だというのに、例の「なんとなく気持ち悪い」で何度もリテイクを受け、まだ一度も取材先に記事確認さえしてもらっていない状態。印刷所からも先生からも、心配の電話まで入っている。業《ごう》を煮やした私は「このままでは間に合いませんせん」と鈴木主任に訴えたのだった。

そこで彼女が出た行動は、自分の行状を振りかえることではなく、私を同じフロア内の小さな物置スペースに連れていくことだった。そこが通称『説教部屋』と呼ばれていることは、あとで知った話だ。

――〝いい加減にしてちょうだい！　あなた派遣でしょ⁉　言われたことも満足にでき

ないの⁉　いてもいなくても変わらないような仕事するんだったら、別に明日から来なくてもいいのよ！〟

部屋のドアを閉めるなり、主任は眉を逆立ててたいへんな剣幕で怒鳴った。生まれてこのかた、そんな大声で、それも身内どころか他人から叱責を受けることなどなかった私は、すっかり萎縮《いしゅく》してしまった。

そこで怯《おび》えてしまって以来、幾度も喉元《のど》までせり上がる「でも」は、いっさい外に出せないまま。

ちなみにそのあと、気の毒そうにこちらを見ていた同僚の一人が、私に教えてくれた。

――〝鈴木主任ってね、ターゲットを決めるんだよねえ〟

呆然とする私に、彼女は重ねて教えてくれた。

――〝運が悪かったね。あの人、気とか立場が弱そうな人を適当に一人だけ見つくろっては、ああして説教部屋に呼んでストレス発散するのが生きがいになってるの。あとは、仕事を持っていった時に無視したりとか、他の人と差をつけるみたいに、あからさまにきつく当たったりね〟

私は息を吞んだ。なぜなら彼女に列挙された事例は、どれも身に覚えがありすぎた。

主任の態度のすべてがわざとだったという可能性、そして、ただ理不尽なばかりの暴力というものがこの身に振りかかることがあるのだと、間抜けにも一度も考えてこなかったのだ。自分の思考回路のおめでたさを、私はひたすらに恥じた。

でも、どうしてそんないじめまがいの行為が公然とまかり通ってしまうのだろう。私の疑問を見とおしたように、彼女は追加説明をくれた。

なんでも、鈴木主任は性格にやや難アリと触れ込みはあれど、仕事そのものは速い人で、編集経験も長い。そのため噂《うわさ》を聞いた前編集長が、「基本的に全権を預けるから」という条件で、よその部署からわざわざ引っ張ってきた人材らしい。そして現編集長は、もっと大きな雑誌の編集部とかけもち担当しているため、めったに在席していない。おかげで主任の天下は続き、売り上げの著《いちじる》しい下落や懲戒《ちょうかい》ものの不祥事など明らかな咎《とが》でもない限り、そのやりように誰も口を出しにくい状況になっているのだと。

そうだったのか、と。初耳のことばかりで言葉もない私の肩を叩き、彼女は笑って励ましてくれた。

――〝今は、萩原さんのことをターゲットに選んだみたい。でもね、大丈夫だよ。そのうち飽きたら、別の人を標的にすると思うからさ。それまでちょっとの辛抱だって……〟

そして、慰めてくれたその同僚は、数日後には会社からいなくなった。クビになったのか、自主退職したのか、私は知らされていない。

……でもまあ、そういうものだよね。

楽な仕事なんて、あるはずないし。前向きに、前向きに。

よく、友人をして「のんびり山のヒツジさん」と言わしめる私である。そんなふうに構えていると、余計に鈴木主任の態度はエスカレートしていった。説教部屋には、毎日のように呼び出され、私と彼女しかいない狭い室内に、甲高い声が響き渡った。

――〝本っ当に、完璧な仕事っていうのができない人だわねえ！　あなたの出したこのレイアウト、百点満点でいうなら六十点だわ。でも、直したところで永遠に満点になる気はしないから、もうこのままいくしかないかしらね〟

――〝この企画は大事なのよ。他の仕事よりも優先させてって言ったでしょ。人の話はちゃんと聴けって、小学校で習わなかったの⁉〟

――〝なに？　この気っ色悪いフォント……どんな神経してんの。あなた、デザインもできるって話だったから雇ったのに、とんだ見込み違いじゃない。詐欺《さぎ》よ、詐欺〟

……たまたま私がターゲットにされただけで、いずれ飽きるだろうという予想に反し、その後もいっかな、主任の態度は変わらずで。説教部屋での叱責、無視、仕事のループのみならず、会議の予定を私にだけ教えないよう裏で手を回されたことまであった。

毅然《きぜん》としていれば、こうはならない。そうはわかっているのだが、「じゃあ、あなたもういいわ」と切られて困るのは私。なぜならもう、ここを辞めてしまうとあとがない。だって、……やっと行きついた、〝きちんと編集の業務をさせてくれる職場〟なのに。

それに、仕事がなくなったって知られたら、母にも心配をかけてしまう。地方から無理して東京の大学に進んで、そのまま留まることにしたのもまた、私なのだ。

ああ。お母さんの煮魚、食べたいなあ。

ふとした瞬間、懐かしい笑顔が、頭の奥で蘇《よみがえ》る。そのたび胸が苦しくなる。

きっと里帰りすれば、母は必ず満面の笑顔で歓迎してくれるだろう。

でも、今帰れば。否《いな》、電話だけでも。あの優しい声を聞いて、ぬくもりに縋《すが》ってしまったら。たわめられた心が、くしゃりとへしゃげて、二度と立ち直れない気がしていた。

きっとこれは、私がより成長するための試練なんだ。続けていれば、そのうち報われる時が来るはず。

苦しいのも、つらいのも、きっと全部、私にとって必要な試練なのだろうから。

――そうだよ、これぐらいなんてことない。

卒業後、マスコミや出版社を百社以上も受けてなお、正規雇用の就職に失敗したのも。どうしても夢を諦めきれなくて、滑り止めの会社に行かず、派遣会社に登録したのも。

でも、どこの会社でも編集とは名ばかりの契約外の雑用ばかりさせられて、長続きしなくて、あちこち転々として。

そしてこの会社も、もう二年目の冬なのだ。

そう、二年目。それも終わりかけ。時期のことを考えても、やはり気は重くなる。派遣社員は、法律の関係で、三年以上同じ職場に留まることはできない。それ以上留まるすべは、正社員として雇用されるのみ。ただし、わが社は数年前から新卒採用をやめていて、即戦力の派遣社員を正規雇用することで人員を確保しているらしい。泣いても笑っても、早ければ次の年度末更新時、遅くとも一年ちょっとあとには、命運が決まっている。

この編集部において、鈴木主任は、最も発言権のある立場だ。ここにいたいなら、彼女に逆らうという選択肢はない。彼女は私の直属の上司で、つまり、——私に直接わかる形の会社の意志とは、彼女なのだから。

ちょっとの我慢だ。主任の、ターゲットが変わるまでの。

ちょっとの辛抱だ。私がここで、正式に雇ってもらえるかが決まるまでの。

そうだ、ぜんぶぜんぶ、いずれ私が幸せになるための準備だと考えたらいいんだ。

叱られたことがどんなに理不尽に感じても、都度きちんと理由を見つけて、次に活《い》かせばいい。生きていれば次のステップに進める。生きてさえいれば、いいことがある。だから、平気。だいじょうぶ。そう、きっと、あと、もう、ちょっとの……。

……本当に？

けれど、不意に、気を抜くと——ブツンとスイッチを切るみたいに。今ここで生きている、その事実ごと、やめたくなる瞬間が訪れる。

ひとって、ここまで頑張ってまで生きないといけないものなのかな？　なんて。

だったらもう、頑張らなくていいかな、なんて。

考えちゃ、いけないのに。

頭を軽く振ってから椅子《いす》を押して立ち上がると、低い天井が頭上から迫ってくるようだった。かなり古いビルをリノベーションしてあるというこのオフィスは、エントランスが古めかしい大理石だったり、外にライオンの頭を模した水飲み場——もう水は出ていないけれど——があったりと歴史を感じさせるが、この天井もその特徴のひとつらしい。なんでも、パソコンのケーブル類を通すために、床を一段上げてあるとか。珍しくて面白いと感じると同時に、ちょっと息苦しいな、と思ってしまったのはここだけの話だ。風通しも悪いから、空気は淀《よど》んでどこか黴《かび》臭く、呼吸のたびに気管や肺に詰まる心地がする。

「こちらでどうですか」

業務に関係のない雑念を払って気を取り直し、修正した記事のレイアウトを鈴木主任のところに持っていく。彼女の座席は、私のふたつ隣に、お誕生日席のようにくっついているのだ。チーム全体を見渡し、監視するように。

鈴木主任は、何も聞こえなかったように、返事どころかパソコンのディスプレイから顔を上げもしなかった。こういう時は、じっと待つに限る。以前、しびれをきらして何度も呼びかけた時、「うるっさい‼　アンタのせいでせっかく思いついた記事の案がパアになった！」と説教部屋に呼び出されたことがあるので、学習した。

待つ。雨の中で、主人の指示を待つ犬のように。ずぶぬれの犬がそばにいることが面倒になって、彼女が餌《えさ》を放り投げてくれる気になるのを祈り、ただ、黙って立ち続ける。

しばらくそのまま息を殺していると、鈴木主任はやっとこちらに視線をやり、ハアッと深くため息をついて、私の手からレイアウト用紙をひったくるようにむしり取った。

「正直、まだ気持ち悪いけど……もういいわ。あなた、言ったって直らないんだからしょうがないもん。先方のチェックに回しといて」

「わかりました」

私は微笑んで頷《うなず》いた。

この人は、どんな記事を仕上げて、どんな修正をしても、絶対に「よくなったわね」とは言わない。今までもらった中で最大の賛辞が「ま、一応この企画の方向性に合ってはいるわね」だ。

正直、その時点でモチベーションがゴリゴリ削られるわけだが、でも「悪いところを指摘してくれるんだから、ありがたいって思わなきゃ」と考えるように……している。本当に悪いのかどうかも、怪しい時は多々あるけれど。そう思わないと、とてもやっていられない。

「あと、例のイベント参加者データの打ち込みまだ？　できたらすぐにＮＡＳの作業フォルダに入れといてって言ったでしょ」

「……あの、それは」

前から気になっていたけど、契約範囲外……とは、私も言わない。今回の会社が初めてじゃないし。また、一撃必殺の飛び道具「明日から来なくていいのよ」をちらつかされるのがわかりきっていたから。

「今日中には終わらせます」

私はまた頷く。ここに居続けたいなら、不満そうにしちゃいけない、空気を読まなきゃ。

にこにこにこ。

……無理して笑っていると、頬が攣《つ》りそう。

「たかがデータの打ち込みに、いつまでかかってるんだか。あなたの出身考えたらムリないかもだけど、ここ東京だから。とろとろド田舎の亀《かめ》さんペースで進まれても困るのよ」

「はい」

「こんなので正社員になりたいなんて、笑わせないでよね」

「……はい」

仕事があるだけ、ありがたい。望んでいた業務にありつけただけ、いいこと。

強く念じると、また胸の奥でざわりと揺らめく違和感に、私はぎゅっと強く蓋をする。

精一杯の力を込めて、見ないようにしながら。

「……萩原さん、だいじょうぶ？」

すぐ近くの席に座る女性の同僚——森《もり》先輩が、心配そうにこっそりと尋ねてくれる。ふわふわとしたパーマを顔の横で結わえ、黒ぶち眼鏡をかけた先輩は、入社当初から何くれと気にかけてくれていた人だ。

「無理しちゃだめだよ。だいいち個人情報の絡むデータ処理って、萩原さんの仕事じゃないし……っていうか、事務分担は松尾《まつお》さんじゃん！　なんで萩原さんが押しつけられてんの、意味わかんないよ。ハガキむっちゃくちゃ来てるし、一人でできる量じゃないでしょ」

彼女は、鈴木主任が席を外した隙《すき》を狙い、コソコソと耳打ちしてくれる。

「萩原さん、ずっと主任からターゲットにされてるけど、いい加減長いよね……。あの人、自分より若い子はもれなくエネミー認定。可愛《かわい》かったりするともう親のカタキ扱いよ。公私混同はなはだしいわ。これ半分ちょうだい、手伝うから」

森先輩のあたたかい気遣いに、ささくれた心がじわりと癒《い》える。

「ありがとうございます。すみません、大丈夫です」

本当は甘えてしまいたいけれど、しかし、彼女の机にも、私の倍近くの量の仕事が積まれているのだ。森先輩は経験年数も長いベテランだけれど、派遣どころか他社の仕事も請け負うフリーランスの編集者だから残業代は出ないし、下手《へた》に私を手伝ったりすれば彼女も鈴木主任に目をつけられかねない。

だからまだ大丈夫。まだ、全然、きつくなんてない。むしろ、優しい同僚にいつまでも心配かけてちゃいけないんだ。

頑張ろう、頑張らなきゃ。

そう思う反面、ここのところ、私には日課があった。

ふとした瞬間、上方を——正確にいうと天井を、しきりに見てしまうのだ。

オフィスの天井は、コンクリ打ちっぱなし。有名な建築家のオマージュのような仕様からして、例のリノベーションは、「外装は古めかしくとも、内装は近未来的に」という方針だったのかもしれない。のっぺりした一面の灰色には、くすんだにび色のパイプが這《は》い伝い、さらに中ほどに一本、浮き上がるように太い梁《はり》が通っている。

梁は、鈴木主任の席の真上を縦断していた。そればかりでなく、ちょうどその頭上らへんに、大きくて丈夫そうなフックがひとつ、打ちつけられているのだった。端が少し錆《さ》びてはいるものの、重いものを吊るしてもびくともしなさそうな。

時計やポスター用にしては位置が妙だし、なんのために、誰が付けたのか予想もつかない。ひょっとしたら、リノベ前からあったものかもしれない。

なぜ、そんなものを見上げてしまうのか。ある瞬間、ぽんとよぎった考えがあったのだ。

もともとの用途は、何を吊り下げるためかわからないけど。

――「首とか吊るんだったら、おあつらえむきだなあ」と。

＊

あそこから首を吊ってみたら、どうなるのかな？

――最初に思いついたあと、すぐ我に返った私は、まず真っ先に戦慄《せんりつ》した。

ばか、ばか。なんてこと考えるの！　という焦りと。

まさか、そんなことを考える日が来るなんて、……という自分への呆れとで。

結局その時は、気のせいで片づけることにした。

たとえば、高いビルから真下を覗《のぞ》いた時に、ふっと「落ちたらどうなる？」と興味がわいたり、電車がホームに突っ込んできた時、ひょいっと「今、飛び込んだら？」と誘惑がくるのと同じ。ただの詮無《せんな》い、〝魔の差したような〟好奇心だと。

けれど、一度はっきりと言葉にしてしまったがゆえに、「あそこから首を吊ったら」は、やがて――「あそこから首を吊ってみたい」に姿を変えた。

そんな気味の悪い願望が、いつから私の胸に巣食うようになったのか。

きっかけになった出来事は、忘れようもない。

＊

ことの発端は、一年以上も前。

私が、自分の発案した企画連載に、初めてゴーサインをもらえた時に遡《さかのぼ》る。

内容は――旬に応じて全国の郷土料理を順繰りに紹介していく、特集コラム。タイトルはそのまま、『にほん郷土料理、津々浦々』。私はそれが、どうしてもやりたかった。

着想を得たのは、お母さんのアカハタの煮付け。大学で友人たちに「アカハタぁ？　聞いたことない」と言われたのはショックだったけれど、そこは逆転の発想、新たに知ってもらうチャンスではないか。だって、せっかく同じ国で言語も一緒で、あんなにおいしい物を知らないなんてもったいない！　そう思うと、居ても立ってもいられなかったのだ。

とはいえ、企画にかける熱量やこだわりと裏腹に、まあ通すのは難しいかな、と諦めてもいた。なぜなら鈴木主任の好みは、有名シェフの秘蔵レシピ集など、華やかなもの。おまけに私は、彼女にターゲットにされている身だ。当時、本来ならば自分の企画連載を持ってもおかしくないころだったが、他の人のアシストにばかり回され、企画書は渡そうとしても「浅知恵で紙面を汚すだけでしょ」と一瞥《いちべつ》すらされずにゴミ箱に捨てられてきた。

「いいわよ、やっても」

しかし、この時は違った。あとでわかったことだが、人気連載を持つフレンチレストランのシェフの都合が悪くなり、たまたまページに予期せぬ穴があいてしまったらしい。

「ま、正直、こんな地味でビンボー臭い特集、セレブでエグゼクティブな主婦層が主流のウチの読者さんたちにウケると思えないけど。背に腹は代えられないからねぇ」

「……はい！　ありがとうございます!!」

手放しの賛同とはいかなかったものの、初めて自分が提案した連載企画が通ったことは、純粋に嬉《うれ》しかった。さらに、主任はこの時たいへんにご機嫌だったらしい。台詞《せりふ》には、こんなオマケがついてきた。

「万一うまく当たって長期連載にできれば、あなたの正社員昇格も夢じゃないかもね」

「！」

その瞬間、私はドキリと心臓が跳ねた。

正社員に？　願ってもいない話だった。だってもう、そろそろ私もいい歳《とし》だ。いつまでも派遣のまま、年度末の更新ごとに首を心配し、迫りくる三年の壁に怯える生活をしなくてよくなるなら。鈴木主任との関係はたしかに気がかりだけれど、「やりたい」を仕事にできるのがどれだけ幸運なことか、もう身に沁《し》みてわかっていたから。

そして同時に、少しだけ考え直したのは、鈴木主任の性格についてもだ。

ずっと嫌がらせをされてきたと思っていたけれど、案外、話が通じる人なのでは？　理不尽に感じた今までのあれこれも、真実、未熟な私を鍛えようとしていたか、または、自分が守ってきた雑誌へのこだわりが強すぎただけだったのかも？　……なんて。

喜びに頬を紅潮させる私に、鈴木主任は企画書をぺらりと突き返して釘を刺した。

「ホント、万が一、だけどね？」

――しかし。

幸いなことに、その企画は鈴木主任の予想を裏切って、アンケートでも好調で。さらに、有名な料理研究家の先生がご自身のブログでコメントを寄せてくださったこともあり、雑誌の中でもなかなかの目玉に育っていった。

さらには、私一人で勝手に回していたその記事は、人気に応じてだんだん扱いを大きくしていくことになったため、編集部内で意見すり合わせのミーティングまで持てることになった。メインで担当するのは、もちろん私だ。

そんな初めての成功は、この会社での私の行く先に、大きな希望を持たせてくれた。

——やがて四月になり、一年めを終えると同時に、無事に契約の更新もされ、ますます期待は高まる。

このまま順調に運べば、主任の予告通り、正社員の道も……。むしろ、それを見越して二年目も雇ってくれたのなら、三年目を迎える時は、契約更新ではなく、正規雇用の打診が待っているかもしれない。

鈴木主任からの雑な扱いは続いていたし、それがつらくないわけではなかったけれど、以前ほどの追いつめられた気持ちはない。

そんな、順風満帆《じゅんぷうまんぱん》にすべてが運んでいるかに見えた、矢先のこと。

桜も散り、花の盛りはつつじに移り変わる。

順風が逆風に転じたのは、半年ほど前。紫陽花《あじさい》が枯れようかというころのことだった。

「萩原さん。あなた、今後この企画のミーティング出なくていいわよ」

「えっ……？」

いつものとおり、次号の草案を鈴木主任に持っていった瞬間にそう言い放たれ、私は目を丸くした。言うまでもない、『にほん郷土料理、津々浦々』のことである。藪《やぶ》から棒の指示に、私はしどろもどろになりつつ、疑問や驚きを声にしようとした。

「で、でもこの企画、最初から私が発案で回して……」

「まァ、はじめはね。けどねえ、コレもう十分育ったし。主任のあたしが決めたんだから、そうったらそうなの。いちいち言わせないでよ。もうどれだけここで仕事してンの」

それはそうなのだが、この企画は特別なのだ。思い入れが強いなんてものじゃない。もらえる予算は雀《すずめ》の涙で、割ける時間も他の仕事と並行だから到底足りない。試食費も旅費も研究費もほとんど自腹を切って、休日返上で地方取材に行って、生活を切り詰めてまで入れ込んできた。毎月毎月、魂《たましい》をパルメザンチーズみたいにガリガリ削って振りかけてきたような、それくらい大事な。本当に、大事な……。

「じゃあ、この企画についてはそういうことだから、もう席に戻っていいわよ。なんだっけ、エート。『全国いろいろ郷土料理』だっけね」

おまけに、タイトルを間違えられた。記事のことを、どうでもいい、と思われているのは明白だ。あまりの事態に言葉も出ない私の鼻先を、不意に、あの煮魚の甘辛い香りがかすめた気がした。

奪わないでほしかった。

守らなければ。これだけは。私の中にある、あたたかくて貴重なものの結晶で。お願いだから。

「あのっ……！」

ばくばくと緊張で心臓が脈打つ。勇気を振り絞って、ともすると喉にしまいこんでしまいそうな抗議の言葉を、どうにか押し出そうとした瞬間だ。

「コレ明日から松尾さんに主で回してもらうし。ね？」

主任はぴらぴらと私の手から奪った企画書を振ると、クスリと軽く笑い、斜め向かいに座っている、同僚の松尾さんのほうに流し目を送った。

「……え？」

目くばせを受けた、三十代なかばの男性社員――松尾さんは、「はい」と頷きながら、にやりと同じ笑みで主任に応《こた》えている。彼はついでに「そういうことで、よろしくね」と私にも片手を振ってみせた。

私と違って正社員である松尾さんは、フットサルやマラソンが趣味のスポーツマン。きちんと妻子ある人だが、どうも最近奥さんと不仲らしい。それを知った鈴木主任が、派手なルージュに加えてひじきのようなマスカラを盛ってきたり、いつものチュニックをレースでごてごて飾ったものにしたり、やたらと松尾さんに色目を使うようになっていること、さらにその鈴木主任の動向に松尾さんが迎合していることは、編集部内では誰もが知った噂話になっている。

彼らが不倫の関係にまで進んでいるかは謎だが、おそらく松尾さんが、男日照りの鈴木主任を自分の利になるよううまく操っているだけなのだろう、というのが他の同僚たちのおおかたの予想だった。「知らぬは本人たちばかりなりけり」というアレだが、なんにせよその瞬間、私は唐突に「あ、そういうことか」と理解した。

途端に、――振り絞ったはずのなけなしの勇気が、傷《いた》んだブドウみたいに、しゅるしゅると萎《しぼ》んで床に落ちる。出かかった抗議も、声帯を震わせることなく消え失せた。

無駄だからだ。

鈴木主任は、〝仲良しの〟松尾さんに功績を立てさせたい。ついでに、松尾さんからの自分の印象をよくしたい。

そして、ていよく選ばれた手段が、私の『仕事の乗っ取り』だった。

ある程度人気が出て成長していた私の企画連載を、いいところどりで松尾さんのものにしてしまえば、鈴木主任は松尾さんと関わる時間は増えるし、彼からの好感度も上がって一石二鳥。そう考えたのだろう。

……うっわあ。

胸やけのする、ぎとぎととこびりつく脂身《あぶらみ》のような、粘り気のある情念に。私が最初に覚えたのは、なんともいえない脱力感だった。

母の声を、甘辛くて懐かしいあの煮魚の味を。

それから、珍しい郷土料理がないか、必死に調べた思い出も。

お正月にはお雑煮にアンコ入りのお餅《もち》を使う地方があることを知ってワクワクしたし、ネットや書籍だけではなくて、ご当地ごはんのアンテナショップが集まるエリアにまめに通ってはネタを仕入れ、いざ記事にするとなれば現地にアポをとって足を運んで——

全部全部、ぐしゃぐしゃと、剝げた赤いマニキュアの手が握りつぶしていく。

「だって萩原さん、せっかく新連載を任せたはいいけれど、全然時間内に仕事を回せてないじゃない。一番の負担を減らしてあげるのよ？　感謝してほしいくらいだわ」

鈴木主任は重ねた。……どの口が、と。時間内に終わらないのは、まったく関係ないデータ処理や、外注してしかるべきデザインの業務を私にさせているせいだというのに。

ふざけるなとか。

どういうことだとか。

言えたらいいけど。

だって、ああ。ここで、感情に任せて喚《わめ》き散らしてはだめだ。私はもういい歳の大人で、ちゃんと社会経験だって積んでいて。会社が、職場が求めているのは使いやすくモノわかりのいい大人で、それにもう派遣も二年目で。二年目が三年目に変わる時に、ひょっとしたらの万が一の可能性を完全に潰さないためには、今は、今は、今は。

もう小指の先ほどに痩《や》せ細った希望の灯《ともしび》が、あたたかくも容赦《ようしゃ》なく、時限爆弾と化して退路を塞いでいた。

「……わかりました」

私は微笑んだ。

笑うしかなかった。頬が引きつりそうで、唇と舌が震えて痺《しび》れて、それでも、笑うしかなかったのだ。

微笑みながら、思った。

――ああ、死にたいなあ。

死にたい。

「じゃ、そういうことで。あたし忙しいのよ、もうこの話いい？　わかったらこんなところで油売ってないで。あなた暇なワケないんだから、早いこと他の仕事も進めといてね」

うねうねと動く、毒々しい口紅の乗ったミミズのような鈴木主任の唇を眺めながら、閃《せん》光《こう》のように脊《せき》髄《ずい》を駆け抜けた衝動は。

この女の。

鈴木の、机の上にある、あの梁のフックで。

首を吊ってやれたら、どんなにか。

――〝マリちゃん〟

母の声が、私の胸の中で、どろりと渦巻く黒い衝動の蓋に、辛うじて手を添える。

けれど、ふちのぎりぎりまでせり上がったそれは、押さえつけた下から、ひたひたと溢《あふ》れ出そうとしていた。

＊

鈴木主任の席の上で首を吊って、死ぬ。

一度、考えついてしまったアイデアは、以後、何かあるたびに私の胸に去来した。

なお、松尾さんに担当が変わってすぐの読者アンケートで、『にほん郷土料理、津々浦々』の人気は下がっていた。「文章や内容が雑になった」や「裏取りが甘くて、なんとなく記事にかける熱意が下がった気がした」というご意見を見た時、――本当に不謹慎だけれど、私は嬉しかった。ちゃんと読んでくれている人がいたのだと思った。

私のそんな不純な喜びを見透かしたように、鈴木主任の私への態度はますますひどくなる一方で。毎日のように、説教部屋で鈴木主任の怒鳴り声を聞きながら、私はとにかく現実逃避がしたかったのだ。

「ねえ、萩原さん。あなた生理痛で昨日早びけしたらしいけど、病気でもないクセに甘えだってわかってる？　そんなの女なら誰でもあるのよ？」

「そうですね、すみません」

死を思う時、決まって私の頭は妙に冷静で、理不尽な叱責の最中でも心穏やかになれる。

死ぬんだったら、どうしようか。

たとえば、「お前のせいだ」と恨みごとを綴《つづ》った遺書を、コピー機でめいっぱい刷って、職場の床じゅうにばらまくとか。

「遅い！　萩原さん、そんなこともさっさとできないの!?」

「はい、すみません」

それから、いつ死ぬのがいいのか。

止める人がいては話にならない。朝、誰よりも早く会社に来るのがいいのか。夜、誰もいなくなった薄暗いオフィスでおもむろに実行するのがいいのか。

「萩原さん、その花がらのフレアスカート、ひらひらして見苦しい。浮かれた格好で会社に来ないでくれる？　あと、透明でもネイルなんてして。職場はね、合コン会場じゃないんだけど」

「はい。気をつけます」

私は検索する。どんなふうに首を吊るべきかを。人間一人ぶんの体重に耐えられる、丈夫な紐《ひも》の種類を。首をかけても解《ほど》けないよう、固く紐を結ぶ方法を。

親指をスマホの画面に滑らせて見慣れたインターネットアプリを呼び出すたび、気道に詰まった栓《せん》がとれ、少しだけ呼吸が楽になる。薬のようだった。それはそうだろう。だって、死は薬だ。どんな病でもどんな悩みでも、最も適切かつ確実に遠ざけてくれるのは、死に他ならないのだから。

かつては『にほん郷土料理、津々浦々』のために、プライベートでも郷土料理のことばかり調べていたスマホの検索履歴は、いつのまにか「首吊り自殺」「死体」「汚い」「苦しくない」「やり方」などで埋まっているのが常になった。特に意識もせずいつの間にか調べてしまっているそれらの情報を、食い入るように見つめる自分にふと気づいた時、私は途方に暮れた。もう、首吊り自殺のことなら、この会社の誰より詳しくなっているのでは、というほどなのに。他方、現実の私は、死に思いを馳《は》せるばかりで、実行もせずにただ唯々諾々《いいだくだく》と鈴木主任に従っているだけなのだから。

「萩原さん。何度も言うけど、疲れた顔で会議に出ないでくれる？　あと、そのシワだらけの服やめてよ、恥ずかしい。いつまでおのぼりさんやってるの。ここには著名な料理研究家の先生やシェフも来るの。そういう大事なお客さんが来た時、みすぼらしくてみっともないどころか、こっちまで気が滅入りそうなのよねえ」

「申し訳ございません」

……死んだら、どうなるんだろう。

死後の世界だの、魂の不滅だのについて、私はとくに信じていない。だから、死んだあとには、私がいなくなったこの世に、私の抜け殻《がら》が残るだけだろう。

かつ、その抜け殻も、火葬場《かそうば》で燃やされてすぐ骨になってしまう。とすれば、どうせ変わり果てるのなら、できるだけみじめで、凄惨《せいさん》で、見るに堪《た》えない死体のほうがいい。

どこでだったか、首吊りは、自殺の中でもとびきり死体が汚いと聞いたことがある。が、調べてみると、死んだら全身の筋肉が弛緩《しかん》するから、当然ながら身体《からだ》中から何もかもが流れ出てしまうわけで、つまり遺体というのはおしなべて汚いものらしい。病院で死んだ場合にさほど嫌悪感のない屍《しかばね》ができあがるのは、事前に穴に詰め物をしたりと、涙ぐましい工夫の成果なのだとか。

ただし、心の底から死にたいと思った時に、〝なんちゃって自殺〟ではなく、本当に死ぬことができる確率が一番高いのが、首吊りなのだそうだ。たしかに、リストカットでは生き残る人が割といる印象だけれど、首吊り自殺の生存者ってあまり聞いたことがない。けれど中途半端に生き残ってしまうと、重篤《じゅうとく》な障害が出てしまうのも首吊りの特徴。実行するなら確実に、慎重にしなければ。

つらつらと、あれこれ思いを巡らせながら検索を進めるうちに——ふと。スマホを弄《いじ》る指先が、滑らかな布に触れた。

なんとなしに、くるりとスマホを裏返すと、プラスチックのケースに結わえてある、朱色のお守り袋が目に入る。手のひらに乗る小ささの、平べったいオーソドックスなタイプのお守りの表には、『厄除《やくよけ》』の二文字が大きく金糸で刺繍《ししゅう》されていた。

私は、絹地の表面を指で撫《な》でながら、このお守りを手に入れた時のことを思い出す。

大学の入学式の前日、母と一緒に上京した私は、下宿の近くの神社にお参りした。あまり名前を聞いたことがない、小さな縁切り神社だった。

ほとんど県外に出たことのなかった母は、東京の大都会ぶりにすっかり圧倒されていた。もちろん、私も人のことは言えなかったけれど。

そんな東京で、初めての独り暮らし。私をひどく心配した母は、変質者や泥棒などの災難に遭《あ》わないようにと、この厄除けのお守りを買って渡してくれたのだ。お守りの使用期限は一年と言われているけれど、なんとなく返納にも行けず、こうして今も、私のスマホにくっついている。

もし慣れない都会で何かあったらと、おろおろと焦ってくれた母。私のために、身を粉にして働いて育ててくれた母。

前に、編集の仕事のことを話してみたら、難しくてよくわからないと困った声で笑っていたけれど。憧れの東京で、夢を叶えたと信じてくれているはず。

死んだりしたら、きっとお母さんが悲しむよ。

きっとじゃない、絶対にだよ。

――そうやって自分に言い聞かせる声が、日に日に小さくなる。それってつまり私も壊れてきているのかなあ、なんて。とりとめもなく考える。このまま壊れ続けて、部品がすっかり抜け落ち、形もぐずぐずに崩れたら。その時の私は、どうなっているのだろう。

「あと、ここも。気持ち悪いから、直してきて」

「わかりました」

私は夢想する。

私が死んだあとの、私の抜け殻のありさまを。

赤黒く染まった顔色。飛び出た眼球。だらりと力の抜けた四肢《しし》。口からこぼれる吐しゃ物。失禁のため服は汚れ、布地が吸いきれなかったぶんは下に溜まっていく。

オフィスいっぱいに満ちる、なんともいえない死臭。ひっきりなしにぶんぶんと音を立てて、たかる蠅《はえ》の群れ。きっと、垂れ流した排泄物《はいせつぶつ》が滴《したた》って、鈴木主任のデスクや書類、私物やパソコンを汚すだろう。

当分は食事が喉を通らなくなるほどの光景に見入って、それから床いっぱいに散らばる遺書を見れば。

どれだけ酷《ひど》いことをしていたか。彼女だって、多少は反省してくれるかもしれない……。

＊

その朝は、いつもと変わっていた。

出社と同時に編集部の最奥部を何げなく見やり、私はぱちぱち目をしばたたいた。普段は空っぽのひときわ大きなデスクに、編集長が在席していたからだ。

別の——それも、わが社の主力ファッション誌の姉妹誌と兼務している編集長は、滅多にうちに顔を見せることはない。だからあまり話したことはないけれど、五十過ぎにしてすでに好々爺然《こうこうや》とした柔和な笑みを浮かべ、私を見かけると「萩原くん」と親しみを込めて呼びかけてくれる彼には、悪い人ではないのだろうな、という印象を持っている。忙しさにかまけて、鈴木主任を野放しにしている張本人ではあるのだけれども。

それにしても珍しい。何か特別なことでもあったっけ……とひとしきり首を捻《ひね》り、ああそうだ、と思い至る。

この週末に、うちの雑誌が主宰《しゆさい》する、大きな料理フェスタがあるのだ。バタバタと開催が決まったそのイベントは、会場の手配やら、調理実演のゲストシェフへの打診やら、試食コーナーの参加業者募集やら、普段の仕事と並行しながら手分けして急ピッチで準備を進め、どうにかこうにか体裁が整ったところだった。

もう開催は五日後に迫ってはいるが、当日配布のパンフレット類は印刷してあるし、事前申し込みが必要な料理教室イベントの抽選当落通知なども、とっくに送付済みだ。あとは開催を待つばかり。

とはいえ、それは単に私の事務分担がそうなっているだけで、他の編集部員については、会場とこまごました打ち合わせが必要だということで、今日一日、ほぼ全員が出払っている。私も関わる資材搬入《はんにゅう》や設営などは、イベント前日に行うことになっていた。

たぶん編集長は、当日の行程表の最終チェックを鈴木主任とこれからするのだろう。私は勝手に納得して、まずは朝の挨拶《あいさつ》をすべく、彼のデスクへと歩いていった。

「おはようございます、編集長」

私の声に、資料から視線を外して顔を上げた編集長は、「ああ」と相好《そうごう》を崩した。

「おはよう萩原くん！　聞いたよ。ありがとうね！　きみ、料理教室イベントの当日配布資料のデザインと印刷発注、自分から買って出てくれたんだって？」

「……え？」

「このイベント、もともと予算があまり出てなかったからさ。節約できて大助かりだよ！」

「イベントの、当日配布資料の……デザインと印刷発注……ですか？」

何の、こと？

予想だにしない言葉に、私は目をしばたたいた。

「あれ？　違うの？　もともと普通に外注するはずだったのを、萩原くんが、『ソフトも使えるしデザインは得意だから、ぜひやらせてほしい』って言ってくれたって聞いたんだけど……そうだったよね？」

最後の一言だけ、編集長は身を乗り出して誰かに呼びかけるようにした。

おそるおそる振り返る――視線の先にいたのは、鈴木主任だ。

「はい、編集長。……萩原さん、あなた、今さらなに言ってるの？　そうだったでしょ？

はじめから、あなたが自分で言い出したんじゃない」

そして鈴木主任は、編集長の言葉に大きく頷くと、きつく私を睨《にら》みつけた。

「それともまさか、できてないなんて言うんじゃないでしょうね？」

「ま、待ってください。お話を聞いた覚えがありません！」

慌てて私は言い募る。

本当に、まったく寝耳に水なのだ。

「え？　だって鈴木くんの話では……」

「はぁ？　だから、あなた何言ってるの？」

眉をひそめる編集長の言葉を遮《さえぎ》るように、鈴木主任の顔が不快げに歪む。赤い唇が、ぐうっとへの字に折れ曲がった。

「NASにあるあなた用の作業フォルダに、ちゃんと依頼のファイル置いといたでしょう？　ちょっと、それすら確認してないなんて言わないでよ？」

「……えっ」

私は慌てて自分の席に駆けていき、立ったままパソコンを立ち上げた。開くのは、鈴木主任から私に雑務を投げる時に使用する、ネットワークハードディスク上のフォルダだ。デスクトップに表示したショートカットアイコンをクリックすると、中にぽつんと、新しい圧縮ファイルがひとつ増えている。……おかしい。ここはいつも数時間おきにチェックしているけれど、昨日まではこんなものはなかった。

中身は、週末のイベントで特別講演をするシェフや料理研究家の先生が書いたと思しき当日配布用の資料が、ぎっしり入っている。ひとつ、鈴木主任作と思しき指示ファイルもあって、『これをイベント三日前までに、当日の開催趣旨や各講師の先生方のイメージにマッチする素敵なデザインに仕上げて、それぞれをシリーズ風のパンフレット冊子にしておくこと』と書いてある。指定の印刷部数も膨大だ。

そして、当日の講師は、和食にフレンチに洋菓子に家庭料理まで、いろいろなジャンルから八人。彼らから送られた当日配布用資料の草稿は保存形式も書き方もばらばらで、写真も数えきれないほどあり、全部で百ページ近い。

なんだ、これ。

知らない。初めて見た。

イベント三日前、つまりに明後日に間に合うように印刷所に発注をかけるなら、明朝には絶対にデザインを完成させてデータを送らなければならない。たしかにデザインのソフトは使えるし、それで主任から雑務を請け負うこともたびたびあるけれど。私は決してその道のプロではないし、使える素材のストックも少ない。

この量を、外注に頼らず、自分で？　──無理だ、そんなの。

すうっと頭から心臓に血が落ちていくような感覚に、私はぶるぶると首を振った。

「……わ、私、……本当に、知らないんです……！」

私は真っ青になって、編集長と鈴木主任を交互に見比べた。

「ええっと、鈴木くん……大丈夫かな……？」

さすがに様子を訝《いぶか》しんでくれたのか、編集長が眉根を寄せた瞬間、「いや、間違いないですよぉ」とすぐそばから声がかかる。私はビクリと身を竦《すく》ませた。

松尾さんだった。この場に唯一残っていた彼は、椅子に座ったまま背もたれに片肘《ひじ》を乗せて上半身だけこちらを振り向くようにしながら、にやにやと口許《もと》を吊りあげた。

「僕、見てましたよー？　鈴木主任が萩原サンにお願いしてるとこ。っていうか、最初はちゃんと外注の業者に頼もうとしてた主任をわざわざ引きとめて、萩原サンが『経費がもったいないから、私が自分でやっちゃいます。プロ並みのやつ上げますから、期待しててください！』って言い出したんですよね？　自信タップリだったじゃないですかぁ」

「……は、い？」

「ウッカリ忘れてたにしても、それを知らないとは、さすがに無責任じゃないかなぁ？」

なんだ、それ。なんだそれ。なんだ、これ。

なんの話。何がどうなっているの。

私は助けを求めて、自分のラインにある同僚たちの机を見まわしたが、そうだった、今日はみんな出払っているのだ。誰一人助けてくれる人はいない。

一瞬、本当に自分がおかしくなってしまって、言ったことを忘れているのかとまで思った。でも、何度脳内をひっくり返して漁《あさ》ってみても、やっぱりそんな記憶はない。

もし、考えられるとすれば。……思いついたのは、ごく当然の流れだ。

鈴木主任が、松尾さんと一緒になって。私を嵌《は》めるために、わざと間に合うわけもない仕事を振ってきたのだ、と。

いや、そんなわけない、主任だって社会人だ。公私混同が激しい人だからって、この仕事に彼女なりのプライドもあるはず。そこまでするわけがない。しかも、たかが私への嫌がらせのために。でも、状況からして、そうとしか。でも、でも。まさか。そんな。

いくらなんでも、嘘《うそ》だと、何かの間違いだと。さすがにそんな、あまりにもあけすけで純然たる悪意が、自分に向けられるはずがないと信じたかった。

出口のない思考は脳内で幾重にも渦を巻き、言葉らしきものが喉元まで出かかるのに、声には出ない。ぎゅうっと胃が縮まり、酸《す》っぱい味が口にこみ上げる心地がする。私は、汗のにじむ拳《こぶし》を握り固めた。

編集長と、鈴木主任と、松尾さん。三つの視線が一斉に集まり、めまいがする。

——沈黙を破ったのは、鈴木主任の声だ。彼女は、猫なで声で編集長に許可を取る。

「編集長、松尾さんもこう言ってますし。あたしと萩原さんとで、仕事の進め方について解釈違いがあったのかもしれません。あたしのほうでどうにかしておきますので、どうぞ次の予定のほうにおいでください」

「あ、ああ。そりゃ構わんが……」

「というわけで、ねえ、萩原さん。……ちょっといい？」

——顎でしゃくって示されたのは、いつもの説教部屋だ。思わず、唾《つば》を飲む。

私を捉《とら》える彼女のまなざしが、やけに粘ついて感じられた。蛇《へび》に睨まれたカエルとは、今の私のことを指すに違いない。

＊

「萩原さんっ⁉　どういうつもりなの‼」

説教部屋のドアを後ろ手に閉めると同時に、怒りで頬や鼻が赤く染まった鈴木主任の顔を見た瞬間、私は真っ先に「某餡《あん》パン製のヒーローみたいだな」という感想が浮かんだ。

いやに冷静だなと自分でも思うが、仕方ない。

「あなたが言い出したくせにまだ手もつけてないって、どういうことなの⁉　これで配布資料が当日までに仕上がらなかったら、どうなるか！　講師の先生方に、多大なご迷惑をおかけすることになるんだからね⁉　あなたの首だけで済む問題じゃないのよ！」

「でも、……だって、……本当に知らないんです……」

たまらなくなって、私は蚊《か》の鳴くような声で反論した。

「そんなわけないでしょう‼　松尾さんの話、聞いたわよね⁉　あなたが自分から言ったんじゃないってことなら、その証拠を出しなさいよ⁉」

即座に怒鳴り返され、視線を落とした私は「そ、んなの……」と口ごもる。

言っていない証拠だなんて、無茶だ。悪魔の証明に他ならない。

「いつまでも子供みたいに四の五の言い訳せずに、きっちり一人でデザインを仕上げて、ちゃんと明後日に間に合うよう、印刷所に頭を下げて入稿すること！　いいわね⁉」

頭ごなしに叱られながら、捨てきれない疑念が鎌首《かまくび》をもたげる。

鈴木主任、……今朝、私が来る前に、データを無断で作業フォルダに入れたのでは？

私を庇《かば》ったり作業を手伝ってくれる味方が誰もいない今日を選んで、松尾さんとぐるになって。わざと編集長の前で、私を嵌めたんじゃないですか？

ギリギリまで出かかったその問いを喉の奥に押し戻したのは、「いくらこの人でも、まさか、会社を巻き込んでまで、そんな幼稚な嫌がらせをするわけがないだろう」という理性と、例の〝正社員への道〟という呪いじみた希望だった。

だって、ここで歯向かって、もしも誤りだったら？　たしかに私はここのところ疲れきって、頭がぼうっとしていたのは否めない。

だんだんわからなくなってきたのだ。なにせ主任はこんなにも力強く、声高《こわだか》に私を詰《なじ》っている。なんの根拠もなく、嘘ばかりでここまでできるものなのか。松尾さんの証言もある。間違っているのは私の記憶で、正しいのは本当に主任のほうなのでは？

——正確に何かを判断できる気力も、自信も、私には残っていなかった。

もし、自分でも知らないうちに、何か別の話と混同して、仕事を請け負ってしまっていたのだとしたら？　悪いのは私だけで、嫌がらせなんて完全な濡れ衣だったら？　まず人としてどうかと思うし、私は上司にあらぬ疑いを抱いた不遜《ふそん》な部下となり、ここまで耐えたすべても水の泡だ。

かといって、納得できるわけもなく。「申し訳ございません」の一言は、どうしても口に出すことができない。握りしめた拳から、萎むように力が抜けていく。同じことを延々と繰り返す説教は、実に一時間も続いた。

「なに、時間なんて見てるの。あなたにそんな権利あると思うの？」

壁の時計に何げなく目をやった私を、すばやく鈴木主任が睨みつける。

「……あの、今からでも外注を頼むわけにはいきませんか。私一人では、さすがに明朝までというのは難しいです。でも、何人かのデザイナーさんに割り振ればどうにか……」

慌てて私はわたわたと言い募る。――最後に、彼女の方針を否定するようなことを言ってしまったと気づいたのは、口にしてからだった。

「口答えするなっ!!」

途端に、脳天を割るような大声が降ってきて、私は首を竦めた。

「ミスしたのはアンタ！　アンタのせいで、スケジュールをぐちゃぐちゃにされたのはこっち！　予算がただでさえ少ないのに、外注の経費なんてどこから持ってくるのよ!?　契約社員ごときのアンタの尻ぬぐいで、これ以上あたしに恥をかかせないで!!」

「っ……」

びりびりと鼓膜が振動する。私は気圧《けお》されて口ごもった。

「だいたい、こんなに迷惑をかけておいて、『申し訳ございません』の一言もないの!?　ホンットに常識知らずの子ね！　フォローするこっちの身にもなってちょうだい！　……

あなたのミス、上にはあたしからきっちり報告しておくから。偶然居合わせてくださった編集長も、さっきの話である程度のことは察してくださっているとは思うけどね」

……偶然、か。本当に？　わざと、じゃなくて？

嵐のように次から次へと降りかかる言葉、自動的に悪化してどうしようもなくなる事態に。感情がもう、許容量を超えて、パンクしてしまって。思わず、唇が歪んだ。

それが、いけなかった。

「何をニヤけてるの！　アンタに笑う権利なんてないでしょ!?」

がしゃん、と鈴木主任は棚を殴りつける。書類やファイルがばさばさと床に散らばり、私は驚いて息を呑んだ。

バシン、と鋭い音。次いで、熱い痛みが頬を襲う。

頬を張り飛ばされたのだ、と。

じわじわと腫れていくそこに手を当て、私は呆然とした。

殴られるなんて、親にすらされたことはない。痛みより、衝撃が勝る。

「あ、ち、違うんです……」

「なにが違うの。みんなを困らせておいて、いいご身分ね!?」

これ以上の反論は不可能と悟る。爪も掠《かす》ったのか、やがて頬はひりひりと引きつれた痛みも発し始めた。これ以上何か言って、もう一度殴られたらと思うと恐ろしい。

「……わかりました」

「ふん。時間がないんだから、最初から『わかりました、やります』でいいのよ」

鈴木主任は吐き捨てると、肩をいからせて説教部屋から出て行った。

私はなすすべもなくその背を見送る。諦めと、脱力と。どうしようもない思いが、足元をふらつかせた。

——今夜は徹夜かなあ。

でも、徹夜しても、間に合うかなあ……。


「ああもういやになっちゃう。使えない子だと思ってたけど、ここまでなんて！　しかもさっき、注意したらニヤニヤ笑ってたのよ？　ああ気持ち悪いったら。なんであんな子雇ったのよって感じ。次の契約は絶対更新しないでって、人事によく言っとかないと!!」

説教部屋から出ると、案の定、鈴木主任の罵声《ばせい》が響いてきた。相手は松尾さんだろうか？　誰にせよ、どうでもいいことだ。かけもちのほうに戻ったのか、編集長の姿はすでにない。

そして、愚痴《ぐち》の内容から、私の〝三年目の更新にかけた希望〟も、たった今はかなく散ったことがわかる。なぁんだ、結局、耐えても耐えなくても、結果は同じだったわけか。

よろめくように自分の席を目指しながら、私は、何度も心で魔法の言葉を唱えた。

仕方ない。

そういうものだ。

そういうものだそういうものだ、そういうものだ。

「今の見たぁ？　ね、ずっとあんなふうなのよ。反省するどころか、まるで自分が被害者みたいに。信じられない。なんであんな迷惑をかけて、平気で生きてられるのかしら」

毒を孕《はら》んだ憎々しげな声は、もはや私に聞かせようとしているのは明白だ。せめて、聞こえなかったふりをしようと顔も上げずにいたら、今度は明確に私に向けて「萩原さんっ！」と叫ばれた。

「わかってるんでしょうね？　あなたのミス、万一リカバリできなかったらどうなるか」

「……はい」

釘を刺され、私はのろのろと頷く。張られた頬が、じくりとまた熱を持った。

＊

パソコンの青白い光が、誰もいない薄暗いオフィスで、ぼんやりと私の顔を照らし出す。

一斉消灯後にスイッチを入れ直す気力もなく、電源の落とされたパソコンの群れの中、明るいのは、私の前にある液晶だけ。闇《やみ》から滲《にじ》み出すブルーライトが、網膜に突き刺さる。

　空調の切れた蒸し暑い室内に、おかしいな、もう涼しいどころか寒い時期のはずなのになあ、と思ったところで、そういえばそろそろ冬も半ばだったんだよな、とも再認識する。街は色とりどりの電飾で明るく照らされているのに。季節の風物を気にしなくなって、どれくらいだろう。

　去年の春に入社して、もう二年近く、耐えたのだ。

けれど――なにひとつ報われることなどなかった。努力は全部ひとり相撲《ずもう》で、希望はみんな幻想だった。高みを目指せばどうにかなると、信じてがむしゃらによじ登ったところで、梯子《はしご》は外されてしまった。それなのに、私は今もここにいる。……いったい、何をやっているんだろう。

　自分の指が、かたかたとキーボードを打ったり、かちかちとマウスをクリックする音が、どうしようもなく孤独な静寂に、ささやかな抵抗を示していた。援護でもしてくれるように、点《つ》けっぱなしのコピー機からも、ブゥーン、と低い唸《うな》りが漏《も》れては空気を揺らす。

　それにしても終わらない。量が膨大すぎて、何をどうしたらいいのかわからないのだ。

まずは手持ちのものやフリーの素材を探して、料理のイメージに合うように当てはめ、ポイントは吹き出しにして、バランスよく写真を配して……。片っ端からとりかかって随分《ずいぶん》経つのに終わりが見えず、もう、時刻は大変なことになっている。

今晩は徹夜確定として、果たして明朝までに出来上がるのか。

――当然のこと、他の社員は、みんな帰ってしまった。

頭を振り、私は黙々と作業に没頭することにした。

視線を落とすと、己《おのれ》の膝《ひざ》を包む、淡いピンクの花がらのフレアスカートが目に入る。あ、これ、着てきちゃったのか。うっかりしていた。お気に入りの服だったけど、このあいだ鈴木主任に「合コンみたいで見苦しいから着てくるな」って言われていたのに。気づくと、唇が奇妙に歪んだ。

バッカじゃないの。ふと浮かんだ言葉は、鈴木主任の金切り声と化して、きんきんと頭《ず》蓋《がい》のうちで反響する。

我ながら、……本当に。こんなところでさえもミスって。

なにもかも私が悪い。

鈴木主任の叱責が、それ以上に「もしも本当に彼女が嫌がらせをしていたのだったら」

と考えるのが怖くて、事実の追及もできず、思考停止に陥《おちい》ってしまったのは私だ。

あそこで、怒鳴られるまま身を竦ませ、「お願いだから外注させてください」と喰い下がらなかったのは、私だ。いろいろなことが理不尽だと思いながら、――仕方ない、そういうものだと呪文で片づけながら、ここで働くことを選んできたのは私だ。

そのうちなんとかなる、きっと人生が開けてどうにかなる瞬間が来るさと、勝手に信じて突き進んできたのも私。

信じていれば、いつかは報われる？　最初からやらない人には成功もない？

いつかって、いつだ。成功なんて誰も保証してくれないのに、何をできるはずがあるの。だって、今のこのざまはなんだろう。みじめで、無力で、情けない現状を形作っているのは、みんなみんな私。

私が悪い。私が悪い。ぜんぶぜんぶ。

ワタシガ、ワルイ。

誰の責任でもない。そういうもの、だ。

なんだか、頭が、靄《もや》でもかかったみたいに朦朧《もうろう》とする。

意味もなくゆらゆらとカーソルを浮遊させながら、私は画像編集ソフトの表示された画面をぼうっと見つめた。重ねられたレイヤー。色とりどりのレイアウトは、目の上でじわりと滲むように溶け、分解され、やがて意味をなさない点と線の集合になる。

泣いてたっけ、と頬を触るが、案の定そこは乾いていた。ふふっと、私はまた忍び笑いをこぼす。意味のない、嗤《わら》いを。

まあ、そうか。泣いている暇があったら、次善の策を考えたほうが建設的だし。

弱音なんて、吐くんじゃない。

今の自分の地位も。仕事も。状況も。自己責任。

私が、悪い。

……私が。

悪いのかな。


じゃあ、――ここに生まれてきたのも、ここで生きているのも。

私が、悪いのかな?


悪いなら、リセットしても、いいのかな。

だって、やめてしまいたい。今この瞬間、私は私をやめてしまいたい。

私だって、こんな怒鳴られっぱなしの雑用の契約社員じゃなくて、総合職の正社員として働きたかった。

お母さんに心配かけて東京まではるばる出てきて、これ以上は心配かけたくないからって無理して残って、いつの間にか転職も難しい歳になって。

まるで出口のない檻《おり》の中で、ぐるぐると歩きまわる、動物園のライオンのような。

ううん。ライオンは、檻の中にいるだけで見世物になって役に立つけど。

私は？


──〝あなたの仕事、なんか気持ち悪いわ〟


鈴木主任の声が、また頭の内側で響く。ぐわんぐわんと、銅鑼《どら》の音みたいに。

ああ。誰が、理解してくれるんだろうか。

みんな、どうにかして、自分の人生を歩いている。きちんと真っ直ぐ歩けている人には、きっとわからない。

この職場で、この街で、この世の中で。まるで、自分が一番能力がなくて、一番みじめで、生きる価値がないような、そんな気持ちを。

私は、ふっと天井を見上げてみた。幾度となく見上げた、あの灰色の梁を。そこに打ちつけられた、錆びたフックを。

『もう、楽になりなよ』

天井の梁は、なんだか、おいでおいでと手招きをしているような気がした。

『こっちにおいでよ。もういいじゃない。机に椅子を載せれば天井に届くよ。知ってるでしょう。調べたでしょう。パソコンのケーブルを撚《よ》ったら、ちょうどよくロープだってできるって』

声なんて、するはずがないのに。

それは、穏やかで、優しくて温かくて。

『麻里子ちゃん。もう全部、諦めちゃっていいんじゃないかな』

そっと身体を包み、疲れた心に寄り添うような。

『やればすぐだよ。きっと気持ちがいいよ。いっしょに、鈴木の机を、みっともなくドロドロにしてやろうよ。復讐《ふくしゅう》するんだよ、あいつに』

堪《こら》えて、堪えて堪え続けて、必死に押さえつけてきた、でも否定しようがなかった。私の胸の中にある――この、どす黒い感情の奔流《ほんりゅう》のこと。

認めてあげるから、って。もう、見ないふりして、我慢なんてしなくていいんだよ、って。そう囁《ささや》いてくれた気がして。

——ぽたり。

ぴちょん。

ふと。

コピー機の唸りだけが響くはずの空間で、不自然な水音が聞こえた気がして、私は顔を上げた。

「……？」

なんだろう。

気づかなかった。

ふたつ左隣、鈴木主任の席の、真上。

天井の梁から、ぶらんと何かがぶら下がっている。

背もたれに力なく体重を預け、椅子に座ったまま。のろのろとひどく緩慢な仕草で、私はそれを見た。

……目の高さに、足がある。

揃《そろ》えられ、だらりと力なく垂れ下がった脚《あし》。ベージュのストッキングに覆《おお》われたそれの先っぽから、白いローヒールのパンプスがころりと転がり落ちた。

去年、私がひとめぼれして買った――今日、履《は》いてきたのと、同じ靴。

私はつられるように、靴から膝へと、じょじょに視線を上げていく。

淡いピンクの花がらのフレアスカートが、それよりもいくぶん高い位置で、風もないのにひらひらと遊んでいる。だらりと垂れさがった、日に焼けていない白い腕。ああ、そっか、ずっと職場と自宅の往復ばかりで、外に出ていなかったから。

ピクリとも動かない、力の抜けた指先。青紫に染まった爪。手入れもされずそっけないそれは、先日、塗ってもらったばかりの透明のジェルをはがしたところだっけ。

そうか、これは私だ。

想像通り、水に似たものが絶えず滴っては、鈴木主任の机を濡らしている。汚物とも消化液とも唾液《だえき》とも血ともつかない、どす黒いそれ。ぷうんと漂う、鼻を突きぬける異臭。

机の上にできていた水たまりは、やがて溢れて床にも至った。

ぽた、ぽた、ぽた。

ぽた、ぽた、ぽた。

ぽた、ぽた、ぴちょん。

生成《きな》りのブラウスの肩には、ぱさついたセミロングの茶髪がかかっている。けれど不思議と、その顔をはっきりと窺《うかが》うことはできなかった。

陰になってわからないのだ。どういう仕組みか、先端を輪にして、フックにしっかりと結わえつけられたケーブルや、それが食い込む白い喉笛《のどぶえ》はしっかりと見えるのに。

蠟《ろう》細工のような青い皮膚《ひふ》は、ケーブルの下だけ取り巻くように、ぐるりと赤紫に変色している。その、滲むようなグラデーションは、他の惨《むご》たらしく醜悪《しゅうあく》な様相に比べ、どこか場違いに幻想的で美しい。おしゃれな首飾りでも、つけているみたいな。

あと、顔で判別できるところといえば、せいぜい、爪同様に色が抜けて青紫へと変化した唇くらい。かぱりと開いたそこから落ちるように舌が飛び出し、さらには、てろてろと糸を引いて何か液状のものが垂れているのが、かろうじてわかる程度。

ゆらり、ゆらゆら。

月明かりを背に、風もないのに脚が揺れる。片足だけのパンプスを引っかけたまま。

ゆらり、ゆらり。

ゆらり、ゆらり。

私の死体が、揺れる。

言葉もなく――私は呆然と、その、夢ともうつつともつかない光景を見つめていた。

何度かまばたきをして、一度長く瞼を閉じる。次に目を開けた時には、先ほどまであったはずの私の死体は、跡形もなく消えていた。

しばらく、私は声もなく、死体があったはずの場所を――打ちっぱなしのコンクリートに刺さった丈夫な鉄のフックを、穴があくほど見つめていた。

そして、急に、ふうっと胸のつかえがとれる。

ああ、なんだ。

すとんと腑《ふ》に落ちるような納得感に、思わず唇が笑みに綻《ほころ》んでしまう。途端に、ものすごくおかしくなって、私は深く息を吐く。くひ、と。それは歯のあいだから、いびつな空気音となって漏れた。

だよね。なぁんだ。そうか。

こうやったら、いいんだ。

『麻里子ちゃん。さあ、早く』

囁きは、なおも優しく招いてくれる。

私は立ち上がった。

本当は、めいっぱい恨みごとを綴った遺書を、オフィスのコピー機で印刷してばらまく予定だったけど。もう、このままでいいかな。

だって、そんな暇はない。早くしないと、すぐにやらないと。この決意が、思いきりが薄れてしまう前に。警備員さんが巡回に来てしまうかもしれないし、誰かが忘れ物でも取りに来ないとも限らない。そう、善は急げだ。早く早く。

理路整然としていて、でも得体のしれない焦りと不安が、私を突き動かしていた。

お手本通り、パソコンのケーブル類に手を伸ばす。LAN《ラン》ケーブルとコンセントの延長ケーブルを撚れば、ぴったりな、素敵に丈夫な紐ができるだろう。

二本立て続けに、電源を切らないまま無造作に引き抜くと、ぶつん、とパソコンの画面が暗くなった。すると、目に突き刺さるブルーライトが消え、ただ窓から入るものだけが光源となる。どこかほっとする、あたたかみのあるそれに、私はただ微笑んだ。

ケーブルを雑に絡ませると、長さの調節のため何重かに折りたたみ、端の一方で首が入る程度に大きめの、もう一方でフックにかけられる程度の小さめの輪を作る。解けにくい特殊な結び方はネットで調べてあったけれど、何度も練習を重ねたかのように、するすると作ることができた。

完成した〝道具〟を手にした私は、鈴木主任の机に移動する。そばにあった簡易スツールを持ち上げ、足場がわりに机上に据えた。パンプスを脱ぎもせず、椅子を踏み台にして、書類を踵《かかと》で踏みにじる。茶色い足型が白い書類を汚す。ただそれだけの、ささやかな復讐の前座にも、心が躍《おど》った。

私はスツールに乗ると、ケーブルの小さなほうの輪をひょいとフックに引っかけた。

あと、少し。

もう少しで楽になれる！

高揚感にどきどきと胸が高鳴る。頬が、緩む。

明日だ。明日になれば、鈴木は、あいつはどれだけ驚くだろうか。

悔いるだろうか。はからずも目撃してしまった、凄惨な光景に吐くだろうか。

私のみじめで醜《みにく》い抜け殻は、忘れられないほど強烈な記憶となって、生涯あいつを苦しめてくれるだろうか。そうなってほしい。いいや、そうに違いない。

いよいよ大きな輪を両手で捧げ持ち、私が首をかけようとした――瞬間だ。

からん。

そんなに屈んだつもりはなかったのに。ブラウスの胸ポケットからスマホが滑り落ち、机の上で弾んで硬質な音を立てる。転がったそれは、積まれていた書類やファイルに当たり、ばさばさと一角を崩す。

一連の音は思いがけず大きく響き――そちらに注意をとられた私の目に飛び込んできたのは、スマホのケースにくっついた朱色の塊《かたまり》だった。

上京の日に母がくれた、あの、厄除けの小さなお守り袋。

――〝マリちゃん〟

その瞬間、母の声が聞こえた気がして。

ムーッ、ムーッ、ムーッ。

「⁉」

そこで、マナーモードにしていたスマホが、急にそのまま振動を始め、私はびっくりして文字通り飛び上がった。

「わっ……」

ちかちかと、薄暗闇でディスプレイが明滅している。ムーッ、ムーッ、と震えつつ、スマホはそのままかたかたと前に進んでデスクから転がり落ちる。さらに、唖然《あぜん》と見守る私の前で、がごん、とけたたましい音を立てて床にぶつかるが、まだ止まらない。

ど、……どうしよう！

頭が真っ白になる。手のひらやこめかみから噴き出す脂汗は、けっして暑さのせいではなかった。

「ま、待って」

私は意味もなくスマホに呼びかけると、とっさにスツールと机から飛び降り、しつこく私を呼び続けるそれを拾い上げる。

「……あ」

虹彩《こうさい》を焼くほど明るい画面に目を細め、息を呑む。

——そこにあったのは、実家の番号だった。

「……もしもし、お母さん？」

　迷わず通話ボタンを押してしまったのは、ほぼ無意識の行動だった。

　時計の針は二十三時を示していた。こんな時間に母から電話なんて滅多にないし、ここのところは仕事が忙しいとこぼしていた私に遠慮してか、なるべく母からはかけないようにしてくれていたのだ。さっきまで首を吊ろうとしていたことも頭からすっぽ抜け、まさか何かあったのだろうか、と不安になる。

『……マリちゃん？』

　果たして、私の名を呼ぶ懐かしい声が電話越しに届いた瞬間、――私は安堵《あんど》のあまり、膝から崩れ落ちそうになった。夢に現実が流れ込むように、頭が冷えたのだ。

　だって、私、私……。いま、なにを、……しようとしていたんだろう。周回遅れでやってきた恐怖に、静まりかけていた心臓が大きく脈打つ。がくがくと膝が笑う。

　時間をかけて、どうにか荒れた呼吸を落ち着けると、私は、耳に押しつけたスマホに、――そこに結わえられたお守り袋に指を這わせた。

　滑らかな布の塊の感触が、なんだか妙に頼もしくて。

　よかった。……よかった。

　もしかしたら、これが守ってくれたのかもしれない。

『マリちゃん、どうしたの？』

黙りこんだ私の様子を不審に思ったのか、母の声は訝しげだ。状況を悟られまいと、私はつとめて明るい声を出した。

「ううん、……なんでもないよ。お母さんこそ、急にどうしたの？」

『ああ。ごめんねえ、こんな時間に』

「いいの、私もお母さんの声聴きたいって、思ってたとこで……」

プライベートの電話をかける時の習性で、話しながらつい廊下に出る。そこは常時蛍光灯が点《とも》っているので、窓から差し込む街の灯や月しか光源がなかったオフィスより、ずっと明るい。クロスの張られた天井のあたたかな白を見上げると、妙に落ち着く。

それにしても、たったドア一枚隔てただけなのに、うちのオフィスの殺風景なコンクリ打ちっぱなしと大違い。今さら見つけた統一感のなさが、小骨のように心に引っかかる。

出てはみたものの、そわそわと逸《はや》る気持ちのまま、わけもなく歩き続け、いつの間にか隣の部署近くのトイレ前にまで移動してしまった。よく考えれば同じフロアには誰もいないのだから、自分の席だろうが廊下だろうが、声を気にすることはないのだけれど。

――と。

『……マリちゃん、大丈夫？』

不意打ちの母の問いに、私はどきりとした。

「え……？　ど、どうしたの、いきなり」

『うーん……なんとなく心配……で、電話かけちゃいけなかったよねえ。忙しいのに』

なんとなく、心配。

結果でいうと、母のその勘は大正解だった。あと数秒で、……私はもう、この声を聴くことができなくなっていたのだから。こんな時間にごめんね、と母は電話口で重ねた。

声だけでわかる。電話の向こうで、母がどんな表情なのか。

きっと眉毛をハの字にして、頬に手を当てて、眼尻にちょっとだけ皺を寄せて。小さいころからずっと見てきた。優しい、何よりなじんだあの笑顔。

その瞬間、私の胸に押し寄せてきた、波のような衝動に。

「うっ、……」

腹からこみ上げる熱に堪《こら》えきれず、喉から空気の塊がこぼれ、私は低く呻《うめ》く。

『……マリちゃん!?　どこか痛いの？　マリちゃん!?』

驚いたように、心配する声が、あったかくて。変わらなくて。

「あのね、……お母さん。私ね、……」

気づけば、自然と声が出ていた。

「仕事が限界で……今の会社がつらくて。職場の天井の梁見てたら、急に死にたくなっちゃって。そしたらそこで、お母さんから電話かかってきてね……」

それから、入社からこちらの、いろいろなこと。鈴木主任のこと。それ以前に、母も知っているはずの――就職に失敗して職場を転々としている今が、不安でたまらないこと。

気づいたら、全部言葉にしてしまっていた。

『……』

母は言葉も出ないようで、しばらく絶句していた。

それはそうだろう。なんとなく子供に電話をかけてみたら、いきなり自殺未遂の告白が返ってきたのだ。かける言葉も思いつかないに決まっている。

――我ながら、なんと親不孝な娘だろうか。たっぷり空《あ》いた空白の時間に頭が冷え、私は己の軽率さを恥じた。謝らなきゃ、と焦る。やっぱりなんでもないって、言わないと。変な心配をかけてしまう。ほら、早く。

けれど、今さらどんな言葉を連ねれば、うまい言い訳になるのか。皆目見当もつかず、私は開きかけた口を閉じた。電話のみで繋《つな》がったはるかな空間を隔て、沈黙が横たわる。

所在なくなった私は、ただ、天井を見上げて花模様を数えてみた。くるくると蔦《つた》の這う細かな模様の浮き出たオフホワイトのクロスは、きっと、歴史あるオフィスビルの重厚なイメージを損なわないように工夫してあるのだろう。

やがて、どれだけ経ったかもわからないほどの間をあけて。

『……マリちゃんは頑張ってるよ』

ぽつりと、母は呟《つぶや》いた。

「えっ？」

『だって、アカハタの煮魚、あんなに立派な記事になるなんて！　ビックリしたなぁ』

「それは……」

特集が始まる時に、たしかに最初の号だけは送った気がする。ああ、ちゃんと覚えていてくれたんだなあと、ほのかに胸があたたかくなる私は、母の言葉の続きに目を瞠《みは》った。

『それに、ほら、あのお雑煮の記事も好きだった、高松《たかまつ》の！　白みその甘いお汁にアンコ餅を入れるなんて、初めて聞いたし食べてみたくなったよ』

「……お母、さん。なんで知って……」

『それにね、お汁の記事なら八戸《はちのへ》のせんべい汁も好きだったなぁ。同じ国なのに、知らない美味《おい》しいものがこんなにいっぱいあるんだねえって、いつもお母さん感動しちゃって』

根菜や小豆《あずき》をたっぷり使う北陸のいとこ煮、ご飯の進むB級グルメ飛騨《ひだ》のけいちゃん焼き、さくさくの山陰のモサエビのからあげ、まぐろの赤身を甘辛いタレで和《あ》えた海の男の伝統食こと津久見《つくみ》ひゅうが丼……。

母は次から次へと流れるように、私の書いた『にほん郷土料理、津々浦々』の話をした。その間、私は呆然と、耳を傾けるばかり。なぜ。どうして。疑問符が頭を埋める。

だって、編集の仕事のことはよくわからないって。母はネット通販が苦手だし、田舎ではこんなマイナーな雑誌、発売後すぐに大きな書店まで足を伸ばさないと買えない。

それなのに。──毎月、欠かさず買ってくれていたのか。

私が書いたものを。読んで、覚えて、くれていたのか。『ここ半年くらい、マリちゃん担当じゃなくなったんだよね、記事の感じが変わっちゃって……心配だったんだよ』と残念そうな声に、たまらず私は口許を押さえた。

どっと胸に湧いた感情を、どう表せばいいのか。胸の内にたまっていた黒いものが、みんなきれいに澄《す》んで、熱を持ってこみ上げ、溢れ出るような。

『あんなすごいもの、お母さんじゃ書けない。よく頑張った。お母さん、誇らしいよ』

──よく、頑張った。

そうか、私。

……頑張ったのか。

明らかな結果が出なくてもいい。正社員になれなくてもいい。

でも、認めてほしかった。

ただただ、やってきたことは無駄なんかじゃなかった。よく頑張ったのだと、誰かに言ってほしかったのだ。

『ずーっとずーっと頑張りっぱなしだったら、マリちゃん、疲れてしまうよ。オリンピック選手でも二十四時間走り続ける人はいない。休まず飛び続ける鳥もいないから』

「……うん」

母の声が、乾いてパリパリになった布地に沁《し》み込む水のように、心を潤《うるお》していく。

聞いたばかりの言葉たちは、みんな、――当たり前のことじゃないか。自分を歪めてまで我慢なんてするべきじゃないし、逃げ出すのも選択のひとつだって。

命を絶つ直前まで思い詰めてしまうくらいなら、会社なんて辞めて、故郷に戻ってもいい。なぜなら私は、誰かを傷つけたわけでも、死なせたわけでもない。遅すぎることもやり直せないことも、ひとつもないのだから。

電話の声を聞いているうちに、ふと感じる。きっとお母さんだって、女一人で私を育てながら、どれだけ苦労しただろうか。想像に余りある。でも、彼女は死ななかった。死なずに私を育ててくれた。

かえすがえす、見失っていた。

苦しくても、私のために頑張ってくれたこの人を置いて。どうして、私に悪意をぶつけてくる人なんかのために、死んでやる道理があるだろう。

『だから、マリちゃん。アカハタ食べに帰っておいでよ』

心休まる場所で、大好きな煮魚を食べて、元気を補充して。

また頑張れるようになったら、走り出せばいい。

『お醤油にお酒に、きび砂糖とみりんとハチミツも入れて、うんとあまーくしよう』

「うん」

『生姜も入れようね。ピリッと辛いの。山椒《さんしょう》と、どっちがいいかなあ。ふふふ、美味しいぞう！』

「うん、……うんっ……」

くぐもった返事を繰り返すうち、ぽろぽろと、ぬるい雫《しずく》が頰を伝う。

枯れていたはずの涙を乱暴に袖《そで》口でぬぐい、スマホを耳に押し当てて何度も何度も頷きながら、私はずっと低く嗚咽《おえつ》を漏らし続けていた。

＊

どれぐらい話しこんでいただろう。

お母さんは、ずいぶん長い時間、私の話に耳を傾けてくれた。一緒に怒ったり嘆いたり──電話が終わるころには、私の心を覆っていた絶望は、すっかり消えてなくなっていた。

『もう遅いから……帰る時はできるだけ明るい道を通って、注意して、早足でね』

「ありがとう、大丈夫、大丈夫。会社の周りは明るいし。お母さんだって知ってるでしょ、うち、駅からすぐだし。でも気をつけて帰るね。じゃあ、おやすみ」

『おやすみなさい』

ごく普通の挨拶を最後に、ぷつりと通話終了の赤いボタンを押した時、私は、なんだか妙に晴れやかな気持ちになっていた。

まずは、大きな伸びをひとつ。とりあえずオフィスに戻ることにしよう。というか、よく考えればパソコンのケーブルは抜いて首吊り紐にしてしまったし、鈴木主任の机は踏み散らかしたり書類を落としたりスツールまで置いたりで、……うわあ。

あれはちょっと、どうにかしなければ。片づけの段取りを頭の中で組みたてつつ早足でオフィスに戻った私は、何げなく天井を見上げた。

半年間、ずっと見つめ続けてきたコンクリ打ちっぱなしのそれには、いつもの太い梁と、そこに打ちつけられた丈夫なフック、さらには今限定で、私のひっかけた簡易首吊り紐がぶら下がっているはずで――

「あれ？」

そこで強烈な違和感を覚え、私は声を漏らした。思わず、ゴシゴシ目をこする。

紐が、ない。

――というか。

「梁とフックが、ない……？」

いや、それどころか。

私が見上げたそれは、自分のよく知るものと、まったく別物だった。コンクリではなく、廊下と同じ蔦模様の浮いた白いクロスが張られた、見覚えのないものに変わっている。

「ええと……部屋、間違えた？」

誰もいないのに声にわざわざ出したのは、不安からだ。ドア脇のスイッチに手を伸ばし、ぱちり、と大きく音を立てて電気を点ける。しかし、何度確認しても、デスクの並びや様子といい、備品の配置や間取りといい、何もかもがちゃんとよく見知ったものである。

——そんなばかな。

「……!?」

声を失い、私は呆然と立ち尽くした。

一瞬、「電話のあいだに改装工事が入ったとか？」という荒唐無稽《こうとうむけい》な想像もしたが、あるわけがない。まず、天井はクロス張りどころか、蛍光灯の配置まで変わっている。

何をどう頑張っても、太い梁など通しようのないものに。

そんなはずはない。ずっと見つめ続けてきたのに。でも、考えようとすればするほど、梁の形、そこに打ちつけてあった丈夫なフックの形は曖昧になっていく。

「そうだ、ケーブル」

フックに引っかけたはずのケーブルのことを思い出し、鈴木主任の机に駆け寄る。だが、首吊り用に加工したそれも消えていた。おまけに書類は踏み散らかされた形跡もなく、スツールも床の定位置にある。さらには自分の席に戻って確認すると、ケーブルはＬＡＮ用も電源用も、何事もなかったかのようにパソコンに差さったままだった。

私は絶句したまま立ちつくした。

わけがわからない。

あの天井は？　あの梁は？　フックは？　……全部、幻覚？　夢？　……半年、も？

「……」

改めて黙りこむ。

――あのまま首を吊っていたら。どうなっていたんだろうか。

ぞっと、した。

さすがにもう、今日はこれ以上、オフィスに残れる気がしなかった。

冷たい手に内臓を掴まれたような心地がして、私はそそくさと帰る準備を整えると、仕事を切り上げて帰ることにした。

＊

翌日。

ある程度吹っ切れたとはいえ、「リカバリは一人でどうにかしろ」という鈴木オーダーを放り出して帰ってしまった私は、戦々恐々と朝を迎えた。

まあ、死ぬわけじゃなし……と自分を鼓舞しつつ、それでもやっぱり処刑場に向かうような心地でオフィスに着いたけれど、不思議と鈴木主任の叱責は飛んでこない。というか、そもそも主任がいない。

「おはようございます。あの、鈴木主任はどちらに……？」

「おはよう萩原さん。鈴木主任ね、さっき編集長に呼び出されて。松尾さんと一緒に、今、そこに入ってるよ」

パソコンに向かっていた森先輩にこそこそと耳打ちするように尋ねると、振り向いた彼女は鷹揚《おうよう》に笑って白い歯を見せた。親指で示された先は、説教部屋だ。

「説教部屋に……鈴木主任が？」

「そ。ってか、聞いたよ？　萩原さん、昨日は大変だったらしいじゃん！　鈴木主任が、仕事サボったって言いがかりつけた上に、できもしない量の仕事を無茶振りしたって！」

「えっ……！」

言いがかり——やっぱり、そうだったのか。

自分の目がどんぐりみたいに丸くなるのがわかる。嵌められたことへの驚きというより、あの予想は正しかったのだ、という納得によるものだった。そして、その場にへたりこみそうなほど安心した。……やっぱり私は、ミスをしたわけじゃなかったのだ。

「でも、どうしてわかったんですか？　昨日は誰もいなかったのに……」

「なんかね、全然別のところから判明したらしいんだけど。ほら、萩原さんが取られちゃった企画あったじゃない、あの郷土料理の。アレ、質がガタ落ちしたと思ったら、取材費を松尾さんが横領して、そりゃもう好き放題やってたことが経理部の調査でわかってね」

「え！」

「松尾さんは罪を認めたんだけど、死なば諸共《もろとも》と思ったのか『それなら鈴木主任のほうが、ずっと前からやらかしてる！』ってゲロって、あとは芋づる式にいろいろと。萩原さんの担当時から、出どころの怪しい領収書が多かったりで、マークされてたらしくって……」

「領収書……？　え、……あの企画、本当は予算ってどれぐらい出てたんですか？」

主任から聞かされた制作単価はかなり少額だったので、私はほとんど取材費を請求したことがなかったのだが。念のため確認すると、私が知る数字とまったく違って仰天する。

「で、そこからまあ、醜い泥仕合よ。ちょっとドア開いててね、お前こそ！　アンタのほうが！　って、押し付け合いが丸聞こえ。ついには松尾さんが『第一、横領がバレたら困るから、もともと記事の担当だった萩原サンを嵌めて追い出そうって、お前が言い出したんだろ』って叫んで。資料デザインの外注費までポケットに入れようとしたことまで吐いたもんだから、もう編集長はカンカン。そういうわけで、しばらく戻ってこないと思うよ」

普段優しいけど、あの人怒ると怖いから。声が出ない私の背を、彼女はぽんと叩いた。

「今までは数字上の目立った失態もなかったから何もできなかったけど、まあ、天網恢恢《てんもうかいかい》疎《そ》にして漏らさずってやつよ！　これで、あいつらもちょっとはしおらしくなってくれたらいいんだけどね。だからあの企画、すぐ萩原さんとこに戻ってくるはずだよ。もちろん、資料のデザインの件も、無事に外注できることになったから、心配いらないはず」

「……ありがとう、ございます……」

胸がいっぱいになって俯《うつむ》き、私は噛みしめるように呟いた。

「なんとか、なるものだなあ……」

私の独り言に、先輩は「そういうものだって」と肩を竦めた。どこかで聞いたような魔法の言葉に、私は笑って頷いた。

＊

結局その日、説教部屋の扉は、ほぼずっと閉じていた。

夕刻、ようやく出てきた松尾さんは、よほどこってり絞られたのかヨレヨレの放心状態だった。彼が受ける処分についても小耳に挟んだが、相当厳しいものだったのは推《お》して知るべしだろう。さらに鈴木主任に至っては、ふらりと姿を消したきり、なんと翌日から会社に来なくなってしまった。辞めるつもりらしい、という噂も聞こえてきている。

直前にスタッフが減ったままイベント当日を迎えることになってしまったが、準備はあらかた済んでいたし、ヘルプも入って逆にスムーズなほどで、成功のうちに終了した。

そして、イベント後の週明け。私は、森先輩含む同僚数名と、打ち上げランチをご一緒することになった。今まで、昼休みなんて問答無用で返上だったから、たった一時間でも平日の昼間に自由にできるのは、新鮮な喜びがある。

会社の近くにあるおしゃれなカフェで日替わりセットを頼むと、アルミ箔《はく》に包まれて鉄板の上でジュウジュウ音を立てるハンバーグが運ばれてくる。デミグラスソースのおいしそうな香りにうっとりする私に、森先輩が申し訳なさそうに頭を下げてくれた。

「萩原さん、ヒドイ目に遭ったよね。でもごめん、わたしらも報復怖くてなかなか助けてあげらんなくて……」

「だ、大丈夫です！　言い返せなかった私も私だし……」

「あー、でも。鈴木のいるあの席に来る上司って、昔っからなぜかクズばっかりなんだってさ。あそこ、クズホイホイって言われてんの。おかげで、ずっと病む人続出とかって」

「えっ、そうなんですか？」

不意に口を挟んだ別の先輩の言に、私は驚いてサラダのクレソンをつつく手を止めた。

「そうだよー、結構前に辞めちゃった人の話聞いたことあるんだけど、当時の上司が嫌すぎて、オフィスに来るたび毎日トイレで吐いてたっていうもん」

「な、なかなかですね」

かくいう私も、危うく、ありもしない梁から首を吊るところだったのだけれど。

とはいえ、話したらドン引かれることうけあいの不思議体験のことはさすがに伏せていると、先輩は深いため息をつく。

「ほら、ここって古い建物じゃん？　そのせいかな、呪われてるかもって愚痴ってたらしいよ。妙な幻覚が見えるって」

——どきり。心臓が、いやな音を立てた。

「げ……幻覚、ですか？　幽霊とか？」

平静を装って尋ねる私に、その先輩はゆるく首を振った。彼女は手持ち無沙汰《ぶさた》に、フォークの先に刺したハンバーグの切れはしを小さく揺らす。ゆらゆら。ゆらゆら。

その動きに、不意に脳裏に蘇《よみがえ》る映像がある。——あの夜見た、私の、死体のつまさき。

「ううん、それがね、梁なんだって」

「えっ……」

「なんだか、ちょうどいま、鈴木のいる席の真上あたりの天井に、首を吊るのにちょうどよさそうなフックの打ってある梁があるって。それ見上げてると今にも首を吊りそうになるって、ノイローゼになって辞めちゃったらしいよ」

梁なんてないのにおかしいよね、と笑って食事を続ける先輩に、私は何も言えなかった。

引き継がれ書

「災難やったなぁ。こないなとこに来るハメになってもて」

——この部署に配属されて早々、出会ったばかりの先輩同僚の台詞《せりふ》だ。

職場の備品や消耗品棚、給湯室などの説明を受けながら、ぽろりとこぼすように言われたそれに、「はい？」とわたしは目をしばたたく。

太い眉、浅黒い顔色にがっしりした体格を持つ男の先輩は、訛《なま》りからして関西出身らしい。ちなみに名前はさっき聞いた。田所《たどころ》さんというそうだ。いかにも脳筋そう、かつ快活そうなその外見イメージと、ガッツリ皮肉の利いた言葉との差異に、わたしは一瞬驚いてしまう。まったくもって不吉極まりない。

「ええっと、こんなとこ？　災難って……？」

「せやから、相馬《そうま》さんが前おったの、企画課やろ？　いっちゃん出世コースやし……」

言いづらそうに視線を泳がせる彼に、わたしは慌てて首を振った。

「あ、いえ！　妊娠中なので、きっと勤務時間を考慮していただけたのかなと！　むしろわたしのほうこそ、こんな時期に子供ができて、なんていうか、……人事を悩ませちゃったろうなと。なにせ妊婦って健診が多くって……ご迷惑、おかけしてたんだと思います」

あはは、と。最後の一言だけは、苦笑交じりになった。我ながら誤魔化《ごまか》せてないなあ、とちょっと反省する。

わたし——相馬菜々《なな》が勤めているのは、国内では誰もが知っているような、最大手の食品メーカー。五月あたまに妊娠が発覚したわたしは、すぐに課長に相談した。

企画課での仕事は好きだったし、当初は「時短ノーサンキュー、残業バッチコイで、産休に突入するまではバリバリ働いてやるわ！」という気概はあったのだが、それが叶わないとわかったのは、産院や役所でもろもろの説明を受けたあとのことだ。

恥ずかしい話、いざ子供ができるまで、こんなに健診が頻繁《ひんぱん》にあるものだとは思っていなかったし、話に聞くつわりも、どこか遠いことのように感じていた。今は、自分の見込みの甘さを痛烈に反省している。

なお、妊娠がわかってから間もなく始まったつわりは酷《ひど》いものだった。気分の悪さときたら、船酔いどころか、へそにカレースプーンを突っ込んで内臓を掻《か》き回されるようで、おまけにそれが四六時中続く。心配した夫に食べたいものを訊《き》かれて、ぼーっと「ダンボール……」と答えてしまい、呆気《あっけ》にとられたのは記憶に新しい。

休憩時間のたびにトイレとオフィスを往復して、残業はしてもタイムカードはつけずに自主居残りでどうにか誤魔化して勤務を続けていた、ある日のこと。課長に呼び出され、おもむろに告げられた。

——〝相馬くん。時季外れだけど、来月で異動してもらうから。これからも企画課ってのは無理でしょ、妊娠しちゃったらさ。ゆっくりできるところに行かせてあげるからね〟

あの、とか、それは、とか。とっさに何か言葉を探そうとしたわたしに、課長は有無を言わさず最後通牒《つうちょう》を突きつけた。

――〝悪いけど。もし何かあったら困るんだよね。ウチの責任になるし〟

夕暮れの残照をはじくメガネの奥にある課長の目は、こちらから窺《うかが》えなかったが、声だけでも十分に、その面倒そうな心情は読みとれた。ひたすら申し訳なくなって、「ご迷惑おかけします」と頭を下げれば、「いやいや、できちゃったものは、しょうがないでしょ。まあ、何もこんな時期でなくとも、とは思うけどね」とちくりと刺される。

思い返すと、あれはなかなかの一撃だった。そして、「おめでとう」と手放しで祝ってくれた同僚たちも、内心では疎《うと》ましかったのだろうかと想像し、さらに凹《へこ》んだ。

こうしてわたしは、四年間を過ごしたデスクをすごすごと片づけたのだった。

新たな職場は本社ではなく、郊外にある小さな支所の四階だ。一応、建物まるごとわが社だが、さほど広くもない同じフロアだけでも、労働組合や健保組合などの事務所が、パーテーションもなくひしめいている。

異動先での業務の内容は、社員の福利厚生――の中でも、社内誌を作る仕事。

それを聞いた時の第一印象は、「面白そうだな」だ。いっぽうで、ずいぶんと思いきりよく飛ばされたなあ、とも感じたことは、そっと飲みこむ。

ついでに、少しの邪推もした。人間は、自分の能力について、数割水増しで認識しているっていうけれど。この組織に貢献しているつもりで、わたしが今まで培《つちか》ってきたものって、本当はたいしたことなかったんだろうか、と。

……まあ、異動ってそういうものだろうし。地方に行かされなかっただけ御《おん》の字《じ》だと思わねば。わたしはつい耽《ふけ》ってしまった回想を打ち切ると、目の前にいる田所さんに改めて向き直り、内心のあれやこれを押し隠して、にっこり笑ってみせた。

「って、こちらでもご迷惑になっちゃいけませんし、早くなじめるように頑張ります！」

前向きに！　と自分にも言い聞かせたところで「……頑張る、なあ」と、田所さんには何とも言えない顔をされる。腕組みをしたまま、「うーん」と彼はうなだれた。

「ごめん、どっちかっちゅーと、手ぇ抜く方法を探したほうが建設的かもしれへんわ」

「え」

「……あとでどうせわかることやし、先言うとくな。ここ、豚小屋《ぶた》なんやわ」

「は、はいっ？」

——豚小屋？

いや、豚箱なら留置場だってわかるけど。って、留置場のわけないし。いやいやいや。

「ほんで、仕事の大半は、豚の世話やから」

「ぶ、豚の世話ぁ？」

なんのこっちゃ。しきりに首を傾《かし》げるわたしに、彼は意味深な苦笑を返してくる。

「それも、すぐわかるって」

「は、はあ……」

うろたえつつ、それ以上突っ込んで訊くのも憚《はばか》られ、わたしは仕方なく頷《うなず》いた。

しかし果たして、彼の予言どおり、〝豚小屋〟の意味は間もなく判明することになる。

＊

四階というのは、そう視線が高くならない。だから、このオフィスの窓から見下ろせるのは、少し離れた所にある神社の鎮守《ちんじゅ》の杜《もり》くらいである。毎日、通勤時に鳥居の前を通り過ぎもするのだが、知る人ぞ知る縁切り神社なのだとは、最近知った話だ。

あの配属の日から二カ月ほどが経《た》ち、今は八月になったばかり。この夏はたいへんな猛暑で、道路のアスファルトも溶けそうなほどに蒸された空気が、ゆらゆらと陽炎《かげろう》を立ち上らせている。そこに浮かぶ杜の緑は、熱気への抵抗のように、わずかな清涼感を生んでいた。なお、例年ならば、蟬《せみ》の大合唱が窓や壁を突き抜けて響いてくるそうだが、今年ばかりは、あまりの暑さに、彼らも夕暮れにやっと重い腰を上げるていたらくである。

それにしても、この神社が噂《うわさ》どおり、ちょっとでもご利益があるものなら、「異動先、考え直してください」って諭吉《ゆきち》の一枚も賽銭《さいせん》をブッこみに行くべきかもしれない。ときどき思うが、現実主義なので実行はできずにいる。

そう。長く続いたひどいつわりからも解放された今は、ここがどういう部署なのかも冷静に判断できていた。

そんなとりとめもない考えごとを阻《はば》むように、本日も——豚の鳴き声がする。

「だーかーらーぁー、オレは知らねーっつってんだよォ!!　村上《むらかみ》ィ、あいっかわらず使えねえ愚図《ぐず》だなあテメエは！　進めたきゃ勝手にやれ、いちいちウゼェおうかがい立ててくんな！　上司と部下じゃやるコト違うの。あんだーすたん？　意味わかるか⁉」

カタカタとパソコンのキーボードを叩いていたわたしは、人知れず顔をしかめた。そのダミ声はなにせ大きい。パーテーションもないオフィスでは、フロア中に丸聞こえだ。

鼓膜がビリビリ震えるのに合わせて、心臓がきゅっと縮む気がする。すぐそばで誰かが大声で罵倒《ばとう》されるのを聞き続けるのに慣れる日なんて、来るわけがない。その内容が理不尽で、相手が気心の知れた同僚なら、なおさらだ。胎教《たいきょう》にもさぞかし悪いに違いない。

——わたしたちヒラ社員の机の寄せ集まりから、少しだけ離れたところに、その席はある。彼我《ひが》の隔たりを、わたしたちは、ひそかに〝放牧《ほうぼく》〟と呼んでいた。

なぜならあそこに飼われているのは、人語を解するブタ野郎である。

「佐藤《さとう》ディレクター。……では、自由に進めていいんですね？」

それに相対して静かに確認をとるのは、ここに配属されて三年目の村上くんの声だ。押し殺した声には怒りが含まれているが、たぶんあの豚は気づきもしないのだろう。

「あァ⁉　なんつった⁉　ディレクターじゃなくて、ジェネラル・ディレクター‼　って、何回言わせりゃわかるンだよ、飾りモンかその頭は！　しかも、自由にだぁ？　テメエなんぞの裁量でまともな仕事が上がるかよ！　寝言も休み休みほざきやがれ‼」

いや待て。聞こえてくる会話の、あまりの突っ込みどころの多さに、わたしは思わず自分の仕事の手が止まってしまう。

だって、方向性を確認するのはめんどくさいから駄目で、でも勝手に進めたらそれも気に入らないから駄目って、じゃあどうすればいいんだ、それは。

——でも、見かねて口を挟んだが最後、その果てに待つものを知っているから、下手《へた》に助太刀《すけだち》もできない……。

そうこうするうちに、ガンッ！　と大きな音が響いた。豚が勢いよく机を蹴《け》りつけたらしい。たまらず、わたしはびくっと身を竦《すく》める。

「なんだぁ⁉　村上ィ、その目は‼」

村上くんの態度がお気に召さなかったのか、とうとう伝家の宝刀を抜くことにしたようだ。ものすごくお気軽に抜かれるその刀の名は、『コネ』という。

「いい度胸だなァ、ガンつけてくれやがって！　言いたいことあんなら、ここで言ってみろや。オレを怒らせたらどうなるか、マジでわかった上でならな‼」

わたしはおろおろしつつ、立ちつくす村上くんを横目でちらりと見た。やせぎすで、ひょろりと高い背を丸めた、くたびれた灰色のスーツ姿を。豚のデスクの前、見えない位置で、ひっそりと握りしめられた拳《こぶし》を。

もっとも彼はそれきり、言い返す気が失せたらしい。「いえ。……わかりました」と言い捨てると、くるりと方向転換して、つかつかとこちらに歩いてくる。脱力しきったように隣の席にドスンと腰を下ろした村上くんに、わたしは小さく目礼した。

ほんとうは「お疲れ」と声をかけたいところだが、以前それをやって、豚から「何コソコソ話してんだァー、んん⁉」と凄《すご》まれたので、以来できずにいる。

わたしは仕方なく、ディスプレイを血走った眼で親の仇《かたき》のごとく睨《にら》みつける村上くんを、「いやわかるよ」と内心でねぎらった。

なお、――ここまで呼ぶ気にもならなかったが、豚のお名前は本来『佐藤茂男《しげお》』という。

御歳《おんとし》四十七、身長の低い身体《からだ》はだらしなくでっぷりと脂肪《しぼう》に包まれ、それをさらに背もたれに情け容赦《ようしゃ》なく預けているので、「あの！　自分！　もう限界なんですが！」という椅子《いす》の悲鳴が聞こえるようだ。

わたしはため息をつくと、隣の村上くんのほうから響いてくるマウスやキーボードの音に耳を澄《す》ませた。

カチカチという、ファイルを開く音。続いて、カタカタカタ、と苛立《いらだ》ちを示すように勢いよく叩きつけられる文字の羅列《られつ》を示す音。

しばらく経って音が止むと、わたしは部署の共有フォルダを開いてみた。

何層ものディレクトリで、爆発物のように厳重に包みこみ、さらにはパスまでかけたそのファイルにカーソルを合わせると、更新時刻が数分前であることを確認する。

さっそく『３１０５６４《さとうころす》』とパスを打って開くと、そっけない文書ファイルに、血反吐《ちへど》のごとき心情の羅列が追加されていた。

『佐藤のクソ野郎ブッコロス。ってか絶対ハムにしてやる。アイツが使いこんでる会社の親睦《しんぼく》会費で燻製《くんせい》チップ買ってきて、今日。ってか、いますぐ。死ね死ね死ね死ね死ね！責任とらねえ仕事もしねえで、上司もへったくれもあってたまりゅか』

最後の一文、気が逸《はや》るあまり、「たまるか」が「たまりゅか」になっているし。

はあ。……案の定だ。そこには、村上くんの打ったと思しき、怒りと呪いの文言が連ねられている。「思しき」とつけたのは、基本的に、このファイルに書き込む時は無記名がルールになっているから。

わたしは、自分も無記名で、『肉質がヤニだらけで美味《おい》しくないと思う』と一行追記して上書き保存しておいた。

——なかなか膨大な量の文が収められた、このファイルの名前は、『引き継がれ書』。

この豚小屋に押し込められた我ら飼育要員の、ささやかなストレス発散の場である。

＊

「しっかし、相馬ちゃん、えらい早《は》よ順応したやんなあ。あの佐藤豚の無茶ぶりに」

「順応っていうか……単純に諦《あきら》めただけですよ？　あれはもう慣れるしかないですって」

昼休み、会社近くの創作系カフェでローストポークをつつきながら、わたしは田所さんの軽口に苦笑を返した。

週に何度か、このカフェでランチミーティングを開くのが、わたしたちの恒例行事になっている。ついでに当該《とうがい》ミーティングは、この社内誌のチームで代々続く習慣でもあるようだ。ミーティングとは名ばかりの、愚痴《ぐち》吐きの場として。

同じテーブルにつくメンバーは、年上の先輩である田所さんと、お疲れ気味の年下の先輩、村上くん。そしてわたしの三名。田所さんが三十四歳で、村上くんが二十七歳らしいので、三十一歳のわたしは彼らのちょうど真ん中だ。

そう。

豚小屋とはいかなる意味か。

お察しの通り、この職場、――上司がビックリするレベルでクズだった。同僚はみんな仲が良くて、言うことないのだが。

ほのかにレモンの香るデトックスウォーターのグラスを傾けながら、テーブルに肘《ひじ》をついた村上くんが、忌々《いまいま》しげに吐き捨てる。

「あの豚……上司ヅラしてふんぞり返っておきながら、どんだけお荷物なんスか。当然のように仕事はしねーわ、してもろくな知識もないのに余計な口出すだけで話をぐちゃぐちゃにするわ……。ふふふ、枚挙に暇《いとま》がないって、このことっスよねー……」

「若いのに難しい言葉よぉ知ってンね、村上ポールくん」

「田所さん、そのポールってやめてくださいよ。豚小屋に居残りになった人柱《マンポール》って意味らしいじゃないスか。その前は、眼が濁《にご》ってきたから『どぶろく』だったし。変なあだ名つけないでください」

「ええやん別に。きみも俺のこと、たまに陰で軍曹《ぐんそう》って呼んどぉらしいし、あいこやろ」

「いや、だって田所さん、あの豚の席の一番近くで働いてるのに、全然元気だし。他が全員あいつにやられても、一人だけ生き残ってそうなんですもん。ザ・ラストマン・スタンディングですよ。ボクたぶん田所さんと同じ年数ここにいたら秒で死にますもん」

「もう三年おんねんから、すでに秒で死んでへんやろ」

口調や字面だけは明るいやりとりに、わたしは「楽しそうですね」と笑った。

いまどきの若い子らしく細っこい見た目の村上くんは、「全然楽しくないス。勘弁してくださいよ……」とぶちぶち呟《つぶや》きながら、スーツの胸ポケットからピルケースを取り出し、ごく小さな錠剤を青白い手のひらに落として口に放り込んでいる。くしゃりと潰された銀のシートには、なにやらややこしいカタカナの薬品名が書かれているのがちらりと見えた。それが心療内科で処方される抗不安薬であるというのは、わたしも田所さんも知っているが、あえて気づかないふりをしている。

「……でも、困ったものですよね。本当に」

急に気まずくなり、わたしは雑に話題を戻すことにした。

実際、本当に佐藤の行状は目に余るのだ。

たとえば今朝の村上くんのように、何を訊いても「そんなのオレの仕事じゃねえ」と門前払いされ、仕方なく確認が取れずに仕事を進めれば、思いつきでひっくり返されたり。いや、ちゃんと仕事の体裁をなしているだけそれはまだいい。不必要な飲み会でしょっちゅう早退したり、親睦会費を着服したり、経費で私物を買ったり……。

まさにやりたい放題とはこのこと。おまけに、なにか不都合があるたび、部下のせいにして暴言を吐きながら八つ当たりすることで近隣部署にまで有名だった。

けれど、一番厄介《やっかい》な点は、――その、極めて嗜虐《しぎゃく》的な性癖にある。

わたしたちも人間だ。どれだけ気をつけても、時にはミスをしてしまうこともある。それがどれだけちっぽけで、すぐにフォローできるようなたぐいのものでも、佐藤に見つかったが最後、針小棒大《しんしょうぼうだい》にあげつらわれる。そして、徹底的な見せしめが敢行される。

具体的には、――その仕事に関係しようがすまいが、当支部どころか本社まで含めたあらゆる部署じゅう、なんなら外部の取引先まで無理やり引き回され、「私のした、こうこういうミスで、みなさんやわが社にこんな甚大《じんだい》な損害を与えました」と説明つきで頭を下げさせられるのだ。

通称・『土下座行脚《どげざあんぎゃ》』。

もちろん、些細《ささい》であろうとミスをした自分に非があるのは当然だ。……そして、自分のしでかしたミスのつらさも、自分が一番わかっている。

しかし、それだけに「わが社にとって癌《がん》になってしまい、ご迷惑をおかけして、たいへん申し訳ございませんでした！」と、わざわざ自分の口で、関係ない相手にまで大声で謝罪させられる屈辱《くつじょく》は、傷口に塩と唐辛子《とうがらし》を揉《も》みこまれるレベルの苦痛だった。

さらに、佐藤自らに「そうだよ！　お前が愚図なせいで、こんだけの人間が貴重な時間やカネを無駄にさせられてんだよ！　オラ、頭の下げ方が足りねえだろうが！」と、直角に折り曲げた腰をさらに膝《ひざ》に頭がつくほど押さえつけられる時の、顔から火が出るような恥ずかしさときたら。自分に一斉に集まる、「なんだなんだ」「ああ、またか」という冷めたまなざしも。時には、本当に土下座をさせられることもあるからたまらない。

ほとんど面識のない人たちの前でも大概だが、特に、企画課――前の部署を回る時が本当に嫌だった。せり出したお腹《なか》が重いこともあり、勘弁してほしいと願っても、佐藤はうすら笑いを浮かべ、容赦なく〝お仕置き〟を執行した。むしろ加虐心《かぎやくしん》をそそられるのか、嫌がれば嫌がるほど罵倒は激化し、行脚の時間も延びる。

あれは一度体験させられると、もう、何もする気がなくなるほどの破壊力がある。おまけに佐藤は、わたしたちのミスを器用に見つけ出すのだけは得意なのだった。

「……あと、俺が地味ィにイヤなんが、酒好きで無駄な飲みに部下を無理やり付き合わせる割に、飲み代を自分で出すんは嫌がることやなあ。あの豚、給料はお前が一番もろてるやろが！　って、毎度言いたなるわ」

　わたしが佐藤の行状をつらつら思い起こしているのを見計らったように、田所さんが眉《み》間《けん》を押さえながら呟いた。そうだった、とわたしは彼に頷く。

「そうそう。会社の金で飲めない時は、部下に『おい、ツケといてくれ』とその場を払わせるんですよね。結局それで踏み倒されたのが総額いくらになるか、五万を超えたところで数えるのをやめたって、田所さんこぼしてましたっけ……」

「相馬ちゃん、五万ちゃうで。七万や。俺、あいつが財布出してんの見たことないわ。飲みに行くのに相手の都合なんてお構いなしやしな。俺らに先に予定があったらその場でキャンセルさせるし、店も必ずあいつチョイスや」

　わたしの歓迎会など、拒否権なしで居酒屋やガールズバーをはしごさせられるわ、目の前でもうもうと煙草《たばこ》を吸われるわで、酷いものだった。お腹の子供が心配だし吐き気はするし、あれは思い出すだに最悪だ。挙句の果てに、歓迎会だというのに奴におごらされたのは、なぜか新任のわたしだった。意味がわからない。

「おまけに、飲みの最中は嫌な絡み酒しやがりますしね！　えんえん自慢話のループに数時間はまりこむなんて、まだいいほうっスよねぇ」

　村上くんも付け足すと、まるで焼酎《しょうちゅう》のロックのごとくお冷《ひや》をあおる。

――実は今挙げただけでなく、他にもまあ、いろいろと。よくも、これだけ救いようのないポイントばかり特盛りにできたものだと思う。たとえ彼が絶世のイケメンでも許されないほどの行状だというのに、しかしてその外見は、無精ひげという名のカビが生えた、腐った肉まんだ。もはや、どうしようもないではないか。

豚つながりのせいか、刺し殺す勢いでローストポークにフォークを突き立てつつ、村上くんが腹の底から呻《うめ》いた。

「……いやぶっちゃけ、なんでここまでやってクビにも降格にもならないんだって思いません？　噂によると、コネ入社に次ぐコネ出世で、ぬるっと得た地位らしいっスけど」

「せやんなあ。おエラいどなたかの弱みを握っとるっちゅう噂もあるけど、かねてから会社とズブズブの、とあるでっかい宗教団体の幹部の親類かなんか……ってのが、どうも正解らしいで。他にも、そのコネのおかげで、社外取締役の何人かとも個人的な繋《つな》がり持っとるとか、人事部にもムッチャ顔がきくとか……」

実際、飲み会のたび赤ら顔で繰り返す武勇伝や、日々わたしたちを脅しつける文句において、佐藤の決め口上はこんなふうだ。

――〝こっそり隠れてオレに逆らった馬鹿《ばか》が昔いたんだけどよ、めんどくせえからクッソ田舎に飛ばさせてやったら、アッサリ会社ごと辞めちまったぜ。根性ねえよなあ〟

――〝下っぱなんて、邪魔になったら首切らせてはいオシマイ。ちょっとばかり当たりが出ずにしくじっても、次のタマなんていくらでも補充してくれるしな！〟

そんなの全部、きっと事実を歪めて吹かれたホラだ。理性ではそう思うものの、言動の端々が帯びる真実味や、「佐藤が役員と親しくしていた現場を見た」という出どころ不明の目撃談、そして何より、行状のひどさにもかかわらず彼自身の地位や首がいまだに無事であること自体などが、佐藤を正体不明の怪物に仕立てていた。もちろん、「いい加減にしろ」と言い返した猛者《もさ》も、過去にはいたらしい。そして彼らはみな、一様に会社からいなくなるか、ありもしないミスをでっち上げられて減給処分になったそうな。

語尾に「らしい」「そうだ」「そう聞いた」がつく噂たちは、ネガティブな想像を掻き立て、やがて独り歩きし、「佐藤は本当に人事と繋がっていて、しかるべきところに訴え出ても切られるのは自分のほうかもしれない」「盾突《たてつ》けば、どんなことになるかわからない」という危惧《きぐ》を呼んで、わたしたちから奴と戦う気力を奪っていく。

――とりわけ救いようがないのは、こいつが、間違いなくわたしたちの上司であることだ。毎年恒例の人事評価は奴の采配にかかっているし、異動の有無も、その匙《さじ》加減は奴の胸ひとつ。

佐藤のハンコがなければ進まない仕事もあるし、報告なしに勝手に進めてはいけないものもある。ここがある程度の大きさを持つ会社である限り、やっぱり外せない過程というものが存在する。いかに栄養を吸われ健康を損なおうとも飼い続けるしかないとは、豚というより寄生虫かもしれない。

佐藤は、もういつからかわからないくらい長く、この部署に君臨している。ゆえにここは、「どんなにやる気満々の若手が入っても、ほぼ百発百中で病んで、辞めるか休職する」というジンクスのある闇《やみ》部署でもある。最低限の人数で回しているので、誰か一人抜けることができれば、即座に次の一人が補塡《ほてん》されて犠牲になるのだ。

ずっと異動希望を出し続けているという村上くんは、うまくいけば今年の定例異動で抜けられるはずだったが、わたしの前任が心身の不調を理由に急遽《きゅうきょ》退職したせいで、居残りとなってしまった。マンポールとはそういう意味である。かくして失意の人柱となった村上くんは、こうしてガッツリ抗不安薬を飲みながら通勤してくる。もっとも、心を病んだ先輩は村上くんだけではなく、過去には自殺者も出しているとか。……これはさすがに、真偽《しんぎ》のほどはさだかでないが。

いっぽう田所さんは、タフさを買われてここに入れられたせいで、異動を諦めている身の上。ひょうひょうと佐藤の攻撃をかわしているように見えて、長年ここにいる弊害《へいがい》で、佐藤から仕事を押しつけられる割合も一番高い。「心配せんでも、ちゃんと食って寝とるから平気やで！」と口では快活に笑う彼だが、その目の下には、青黒い隈《くま》が永住権を獲得しつつある。

しかしありがたいことに、上司がアレなぶん同僚の結束が固めで、こうしてお互い愚痴は吐ける環境にあるのがせめてもの救いだ。

――〝ここ、昔っから佐藤の巣やしなあ……せやから、引き継ぎ書は、業務のだけやなくて、ストレス発散用のもあるんやで〟

転属早々、田所さんに教えてもらったのは、業務ではなく、とある闇ファイルの存在。

それが、『引き継がれ書』。

部署内共有フォルダの奥底に鎮座まします、同僚たちしか知らないロックがかけられている。形式もシンプルなドキュメントフォーマット。その用途は、佐藤関連で嫌なことがあるたび、恨みごとを無記名で綴《つづ》っていくものである。

このファイルが、そもそもどういう経緯でできあがったものなのか。発端はわからないそうだ。おそらく佐藤豚がこの部署に来た当初、理不尽に耐えかねた当時の部下なにがしが、人事に報告する材料としてその悪行を閻魔帳《えんまちょう》的に記録し始めたのだろう――とは、田所さんの推測。なお、彼がここに来た時には、すでにファイルが存在していたという。

とはいえ、そんなものを作っても、他部署に豚の引き取り手があるはずもなく。結果として、自分が脱出するしか道はない。脱出方法はもちろん、異動が一番だけれど。あるいは辞めるか病むか出産か、はたまた思い詰めた人の最終手段の——いや、やめとこう。

そういう意味では、わたしは出産を控えているので多少は気が楽なほうだろう。しかし、一年半ギリギリまで規定の育休期間を粘っても、復帰後は強制的にここに戻ってくることになるので、それを思うと今から気が重い。プライベートでは休みない家事と育児、会社に来たら豚の世話って。なんだそれ。この世は地獄《じごく》か。

わたしの個人的事情はさておき——歴代、各々《おのおの》、ストレスを抱えた結果として。閻魔帳は報告されるアテもなく、さりとてどこかで発散しなければやっていられないので。

かくして『引き継がれ書』は現在も、みんなのエチケット袋として生き続けている、というわけである。

佐藤関連で何かあるたびに、誰かの手で開かれ、開いた誰もがありったけの力で叫ぶ。「王さまの耳はロバの耳」と。でも現実はおとぎばなしと違うから、くだんの王さまのように、佐藤が己《おのれ》の行《おこな》いを悔《く》い改めることはない。さらに言えば佐藤は、己のロバの耳を恥ずかしがれるレベルの常識が通用する相手ですらない。だから、叫ぶ内容が変化するのは当然のなりゆきだろう。「王さまのロバの耳を引きちぎりたい」へと。

『人目につかないところに引きずり込んで、顔の形がわからなくなるほどボッコボコに殴って、お前がやっているのはこのレベルに酷いことだと思う存分に耳もとで罵《ののし》る』『ガラス片を入れたゴミ袋を頭から被せて突き転がし、上から蹴たぐりまわす。むしろガラス片を口に詰めて横っ面をはたく』『手の、爪と指の間に針を一本ずつ刺していく。または、生爪を順繰《ぐ》りに全部剝《は》ぐ』

つまり、今や『引き継がれ書』は、佐藤の所業そのものよりは、できもしない私刑を妄想で綴っていく呪いのファイルと化して——そしてやっぱり、いつまでも、そこにある。

なお、最近の書き込みの数は圧倒的に村上マンポールさんが多い。原則無記名だが、なにせ三人しかいないので、保存のタイミングや文体で誰の愚痴かわかるのだ。

あとは中身も、『へそに灯心《とうしん》をさして点火して、三カ月間ロウソク的に燃やし続ける』とか『眼球をふたつとも野鳥に抉《えぐ》られろ』とか、だんだんエグくなってきた気がする。へそに灯心って、三国志の董卓《とうたく》じゃあるまいし。順調にお病みになっていらっしゃる。

わたしだって人のことは言えない。もう書き込んだ数も覚えていないくらいだ。田所さんだって同じだろう。かくして——日々、『引き継がれ書』の中身は充実していく。

とりあえずなにかしらのミラクルで、わが社で飼い続けるしかないらしい、豚。そんな豚の処遇について、人事は「とりあえず社の利益に直接の影響は薄そうなところに置いとけばいい」と考え、さらに「それなりに使えるけれども使いつぶしても構わない」と判断した人材を与えて、じっと様子を観察しているのだろう。ここはまさに、見捨てられた最果ての地というわけだ。

会社が佐藤をそのように扱う以上、労働基準監督署に駆け込んだり、怒号の録音データを証拠に裁判を起こすことは、退職と同義である。

わたしはまだ——その勇気を、持てずにいる。

なぜなら、どうしても期待してしまうから。

出産が無事に終わって、育児も一息ついて、もう一度きちんとフルパワーで仕事にとりくめるようになったら。

会社だって、もう一度わたしを中枢《ちゅうすう》に戻してくれるかもしれない。企画課での仕事はたいへんだったけれど、やりがいもあった。

だいたいこの社内誌の仕事だってそうだ。今はこんなことになっているけれど、同じ会社で働く仲間向けに有益な情報をアピールするのって、本当はとても楽しい、大切な仕事なのではないだろうか。現状としてそうできる環境にないだけで、もし今後、どうにかして佐藤が異動するようなことがあったら。自分の裁量で、もろもろさばけるようになったら、やりたい企画だって……。

いつか、いつかは。

このモノクロの日常に、鮮やかで華やかな彩りが出る時がくるかも。

田所さんや村上くんの胸中はわからない。彼らがどういう経緯でここに来るハメになったのかも。でもきっと、似たようなもの。

大きな会社の歯車である限り、何かの理由で錆《さ》びたパーツを使い続けようとしたら、かならずどこかが割を食う。歯車同士の噛《か》み合わせで会社が回るのだから、誰かが、不幸になる。

誰も、その存在にも気づかない。自分が割を食うその部品になるまでは。でも、それは、会社が日々とどこおりなく運営されていく中で、仕方のないこと。必要な犠牲。

だからこそ理不尽に耐え、次こそ自分が脱出できるよう願いながら。終わりの見えない地獄めいた毎日を、わたしたちはひたすら消費され、消化していく。

脱《ぬ》け出したい。ただそれだけを心の拠《よ》り所に。

「いつまで続くのかな、これ」

マスタードソースのかかったローストポークを、がしがしと切り刻みながら、わたしはボソリと呟いていた。田所さんと村上くんが、同時にこちらを見る。

「いつまでいるのかな、あいつ。この会社に」

何メガバイト、ギガバイトまで『引き継がれ書』が重くなったら、彼はここから消えてくれるのだろう。

「いなくなればいいのにね」

言ってみたはいいが――たぶん、定年まであいつはここにいる。

ここは会社の墓場。

豚の、終《つい》のすみかなのだろうから。

ひっそり笑ったわたしに、二人は「えらい今さらやなあ」「ボク、ソレ毎日思ってますからね」と同意してくる。

ふと窓の外を見やると、陽炎にゆらめく街の灰色の景色に、鎮守の杜の緑がゆらゆら滲《にじ》んでいた。

そっか。ここのカフェ、あの神社が見えるのか。

ひょっとして、『引き継がれ書』を始めた歴代の先輩がたも、オフィスから同じ神社を見下ろしながら願ってきたのかもしれない。

自分がいなくなるか、はたまた佐藤が消えるか。なんらかの方法で、鬱屈《うつくつ》したこの日々が終わることを。

「妊婦健診だあ？　相馬ァ、まァたかよ！」

　――その日もまた、わたしは豚の鳴き声を聞き流しながら、ひくりと引きつる頬《ほお》を必死に押さえていた。

「女はいいよなあ、ガキ産むってだけで仕事ラクできてよ。あーあ、オレも産休とりてえわぁー！　その上に健診で早びけは当たり前ですぅー、ってか？　人生ナメてんなァ」

「すみません。……本当に、ご迷惑をおかけします。わたし、静脈血栓症《けっせんしょう》のきらいがあって。綿密に産婦人科と連携をとっていかないと、どうなるかわからないので、注意するようにと言われていて」

　実は先日も、その旨《むね》なら母子手帳のコピー提出と一緒に報告しましたが……とは、心の中だけで付け足す。佐藤はあからさまに顔をしかめた。その表情は、わたしに、レンジであたためすぎて皺《しわ》の寄った肉まんを想起させる。

「るっせえっつってんだろ!!」

　果たして何が逆鱗《げきりん》に触れたものか、突然肉まんは怒鳴った。

「んなどうでもいいこと、いちいち言ってくんなよ。キモい自意識過剰女だな。地方のド田舎に飛ばされてえのか！　ただでさえ、お妊婦サマだなんだって、堂々と会社にメーワクかけてる分際でよォ。この期に及んでセクハラかよ！」

お前が言うな！　と喉《のど》元まで出かけた台詞を呑《の》み下すと、「健診でもなんでも行って、股《また》でもなんでも開きゃいいだろ」と追撃がくる。お前のそれはセクハラじゃないのか。

あからさまにため息をつきたくなる衝動をこらえ、いちおう頭を下げて席に戻る。

ぶひぶひ、ぶうぶう。

——佐藤の言葉なんてみんな豚の鳴き声、豚の鳴き声、豚の……。

あー、駄目だ。

自己暗示でやりすごそうとしたが、どろどろと腹の底にたまった嫌な気持ちは、どうしても晴れない。話せば多少通じるかもなんてもはや期待していないけれど、それでも毎度、「えっ、ここまでヤバイの」を下方修正してくれる。だいたい恫喝《どうかつ》というのは、問答無用で人を萎縮《いしゆく》させる。内容にかかわらず、ただ汚い言葉と、大声であるだけで。

同時に、なんともいえない胸糞《むなくそ》悪さは、そもそも出勤前から抱えていたことに気づく。

——ここのところ大きくなったお腹は、内臓を圧迫して、仕事中はもちろん、通勤だけでしんどい。ホルモンバランスの崩れで、メンタルもボロボロだ。

わたしの夫は、基本的に帰宅がとても遅い。疲れきって家まで帰りついた彼に、何をさせるわけにもいかないから、結局は、家事は全部わたしがやることになる。それはもう仕方のない話だ。

でも、たとえば、——洗濯機を回し始めたあとに、部屋の隅《すみ》に脱ぎ散らかされたままの靴下を見つけた時。寝不足でふらふらになって台所に水を飲みに行った深夜、食べるだけ食べた汚れっぱなしの食器がテーブルに放置されているのを見た時。

……ああ、と。

喉奥からこぼれ出たため息が、空気にほどけるでもなく、心の底のほうに、静かに静かに積み重なっていくような、あの感覚。口の中に広がる苦み……。

違う。そうじゃなくて。

何考えてるんだろ。これ、仕事に、関係ないし。もう、ホンット、なんでもかんでも。考えても、意味なんてないってのに……。

一瞬だけでもと瞼《まぶた》を閉じて余計な情報を頭から締め出そうとしたが、ぐるぐるとあちこちに思考が飛んで失敗に終わる。

——〝できちゃったものは、しょうがないでしょ。まあ、何もこんな時期でなくとも、とは思うけどね〟

前の部署の、ずっと尊敬していた課長の声が、ふと耳の奥に蘇《よみがえ》る。

あの時に覚えた虚脱感。わたしの赤ちゃんは、彼にとって、いやわが社にとって「仕方ない」で、「今は困る」ものなのだと。そういうことなのだろうと思い知らせる、死神の鎌《かま》。いや、だとしても、……それをわたし自身にわざわざ伝える意味は、どこに？

――〝お妊婦サマだなんだって、堂々と会社にメーワクかけてる分際でよォ〟

改めて、佐藤の言葉を反芻《はんすう》する。

その言葉は、会社にとって、紛《まぎ》れもなく真実のひとかけら。だからこそ、小骨のようにちくちくと喉に引っかかる。……痛い。

土下座行脚でも、日々の暴言でも。佐藤が振りかざす、わずかばかりの正しさを、認めたくない。だって、悪いのはあいつのほうだ。わたしの非なんて、あったところであいつに比べれば大したことないじゃないか……。

もう、――冷静に、なろう。

本当に。

次から次へと、ふつふつとわき起こる苛立ちで、頭が過熱していく。なんとか冷却処理したいところだが、よく考えればこのオフィス、空調が壊れているんだった……。おまけにしばらく前から、総務に修理依頼を出しているのに、無視され続けているときた。

おかげで、サウナと化したオフィスにこもっていると、玉のような汗が額から噴き出してくる。わたしの場合、お腹が気になって薄着もできず、しかしそのお腹が熱を持っているからこそいっそう暑く。凍らせたペットボトルや私物の小型扇風機で対抗しても、真夏の都内の前では、燃え盛る溶鉱炉《ようこうろ》に手動で氷を投げ込んでいるに等しい。そろそろ脳みそが溶けそうだ。古いビルにはエレベーターもないので、そもそも四階に上がってくるまでが重労働だというのに。

いや、ちょっと。

待って。ホント、見捨てられすぎじゃないか。ここ。せめてじゃないけど、労働環境だけは整えてください、会社さま……。

ぶつけどころのない怒りが、やるせなさが腹に渦巻く。乾いた笑いが声帯を伝いかけ、とっさに唾《つば》を飲んで押さえ込む。ごきゅ、と奇妙な音が漏《も》れた。

なんにせよ、このあいだは村上くんだったが、今度はわたしが自分のために『引き継がれ書』を使う番だということか。

ぐじゃぐじゃと前髪を掻いたわたしは、いつものパスをガチガチと指先を叩きつけるように打ちこむ。そして、開いたばかりのファイルの最終行に、例のごとく『セクハラ豚をローストポークにして、某ご近所さんのカフェメニューに』と入力しかけたところで――ふと、手が止まった。

気になったのは、ひとつ前の書き込み。

まず目を引くのは文字色だ。真っ赤なのである。内容も、毛色がまったく違った。いつもなら、・《なかぐろ》を頭につけて、箇条書きに妄想拷問《ごうもん》が綴られているはずなのに。

一行あけて、まずは一言。

『よげん』

そして、改行されて、さらに一言。

『さいふをおとす』

「へ？」

思わず声が出た。

慌てて口を押さえるが、幸い、佐藤には気づかれなかったようで、汚らしい無精ひげの丸顔がこちらに向けられる気配はない。

わたしはほっと息をつくと、改めてそこにある文言を目で辿《たど》る。『よげん』『さいふをおとす』――やはり何度読んでも同じだ。

「相馬ちゃん、どないしたん？」

佐藤がこっちを向いてないのをいいことに、こそっと田所さんが尋《たず》ねてくる。わたしは「いえ……」と口ごもり、「あのファイル、見てたんです」とだけ口パクで返した。

ごく単純明快な、むしろそっけなくさえあるひらがなの羅列を見ているうちに、わたしはだんだん胸が軽くなってくる。

しかし、財布を落とす、ね。

最近にしては地味だけど、またじわじわくるネタを……。

マンポール村上くんの仕業かな？　昨日も、こっぴどくいじめられていたし。

わたしは首を傾げつつ『引き継がれ書』を閉じた。そして、その日はもう、ファイルのことを思い出すこともなかった。

＊

「あーもうツイてねー！」

翌朝、いつもどおり堂々と始業時刻を過ぎてから出勤してくるなり、いつになくドアを蹴飛ばして叫ぶ佐藤に、わたしたちは席についたまま顔を見合わせた。

どうしたんですかって、訊いたほうがいいのかな。でも、積極的に話しかけたくはないし、誰が行くかジャンケンかアミダでもする……？　などと三人でちらちらアイコンタクトをとりあっていると、インタビュアーが決まらないうちから、佐藤は自ら暴露してくれた。

「オレの財布！　誰が盗《と》りやがったんだよ！　チクショーめ！　今日中に見つからなかったら犯人ぶっ殺してやる！」

その後、彼が一人で叫び散らした内容によると、今朝の通勤電車の中で、財布をなくしてしまったようだ。中身の金額もさることながら、有名なブランドの高級品だったそうで、「ぜってえスリだ！　ただじゃおかねえ！」と佐藤は真っ赤になって何度も繰り返した。

それでよく仕事に来る気になったなと珍しがっていたら、定期も財布に入っているので、帰るに帰れなくなったとのことである。なるほど。

……財布。

その言葉を聞いた瞬間、わたしは真っ先にあの『よげん』を思い出していた。

まさか。本当に落としたんだ。

すごい。昨日の書き込みは誰の仕業かわからないけど、図らずも、本当に予言になってしまうとは。

……っていうか、誰の書き込みだったんだろうか。そもそも。

なんとなくうすら寒いものを感じながら、いやいや、余計な詮索《せんさく》は無粋だと考えを改める。『引き継がれ書』は無記名ベース、イコール、誰の愚痴か探りを入れるのはご法度《はっと》だということ。田所さんか村上くんか、どちらかなのは確実だけれど。

「そういうわけで、誰かちょっと一万貸せ。今オレぁ手持ちがゼロなんだよ。カードも止めちまったしな」

佐藤は肩をいからせてわたしたちのそばまで歩いてくると、ずいっと毛の生えた手を突き出してきた。わたしが怯《ひる》むより先に、田所さんが無言で財布から万札を抜いて差し出してくれる。佐藤はそれを、ひったくるように奪った。おい、礼の代わりに舌打ちするな。

なお、奴の「貸せ」は「くれ」と同義である。田所さんには昼休みにカンパをせねばと脳内にメモしつつ、それからしばらく、わたしは自分の担当記事の作成業務に没頭する。

この『わが社の期待の新人』コーナーは、各部署に配属になった新入社員たちに指名制でインタビューをして、仕事への意気込みを語ってもらうのだが、まだ穢《けが》れを知らないキラキラした若手たちの言葉は、だんだんスレてくたびれてきた中堅にはやや眩《まぶ》しすぎる。

やがてあらかた作り終わり、あとは佐藤への確認だけとなったが、朝の様子からして機嫌が悪いのはわかりきっている。というか、八つ当たりでリテイク必至だろう。ああ、言いづらい。でも、このあとは会議だしなあ、客観的に考えてタイミングは今なんだけども。

うだうだ迷った挙句、わたしがまた『引き継がれ書』を開くことにしたのは、ただの現実逃避だった。

「……？」

順調にフォルダを潜り、目当てのファイルにカーソルを合わせたところで、手が止まる。

わたしは目をしばたたいた。

今日は、佐藤の様子を気にして、まだ誰も彼に話しかけに行っていない。だからおそらく、何も更新されていないはずだった。なぜなら愚痴るべき内容がないから。

しかし、ファイルの更新時刻は、数分前になっている。

……うーん？　なんだろう、あの予言をした人が、『当たってびっくりした』とでも書き込んだのかな？　まあ、『いい気味だ』かもしれないけれど。

そっと横目で田所さんや村上くんの様子を窺うが、彼らは自分のパソコンから顔も上げない。果たして、さっきまで『引き継がれ書』に書き込んでいたのか、表情からは判別がつかない。

わたしは首を傾げつつファイルを開く。

案の定、書き込みは増えていた。

ただし、その方向性は、予想とはかけ離れていた。

『よげん』

まただ。

二行にわたって、赤い文字が追加されている。そして、肝心《かんじん》の内容は。

『かいだんからおちる』

あらら。……財布を落とすっていう精神攻撃から、お次は物理攻撃にシフトチェンジしたのか。

ちなみにうちのオフィスビルは、かなり階段が急だ。各フロアから踊り場まで距離もあるし、落ちると痛いどころか、場合によっては命に関わるんだけどな。地味に残酷《ざんこく》なこと考えるものだなあ。

思わずニヤリと頬が歪んだのは、『引き継がれ書』が、少し前までの妄想拷問のオンパレードから、妙に現実味を帯びたものになり始めた茶目っ気がおかしかったのと。

……書き込みの内容が、奇しくも一度は現実になっていることの薄気味悪さから、目を逸《そ》らしたかったのと。

——ねえ、二人とも、さ。

これ……どっちが書いたの？

わたしはもう一度、田所さんと村上くんそれぞれに視線を送ったが、やっぱりどちらもこちらに気づくことはなかった。

＊

「へ？　あれって、相馬ちゃんちゃうかったん？」

その日のお昼、また例のカフェでランチミーティングをしながら、——田所さんの素《す》っ頓狂《とんきょう》な声にわたしは眉根を寄せた。

「ええっ⁉　違いますよ。わたし、てっきり村上くんだとばっかり……」

「ぼ、ボクですか⁉　ないない、だって昨日は一度もファイル開いてないし！」

「いや、それ言うたら俺も開いてへんで」

訊けば、昨日わたしが一度ファイルを閉じ、また開くまでに、村上くんは取材、田所さんは他部署との打ち合わせで不在だったという。佐藤は煙草を吸っていてパソコンを見ていなかったし、そもそも彼自身がファイルに書き込むわけがない。最終保存の時刻も見間違いはないのだが……。

「相馬ちゃん昨日、豚にいろいろ言われとったやん。だからてっきりジブンかと思ててんけど……けどまあ、たしかに、文字が赤かったり、ひらがなばっかやったり、ちょいイメージ変えてきたなぁと」

「いや、ほんとにわたしじゃないんですってば。それじゃ、えーと……バグかな？」

「アホか。バグで内容まで勝手に更新されてたまるかいな。……まあ、ええわ。『引き継がれ書』は、誰が書いたか詮索せえへんのが掟《おきて》やし。もう、気にせんとこ」

田所さんの一言で、その話題はそこまでになった。

けどまあ、……そうよね。

二人のどちらが、どういう意図《いと》があって、ああいう書き方にしたのかは知らないけれど。一番気味が悪いのは、たぶんうっかり本日の佐藤の運命を言い当ててしまった本人だろう。

気まずくなったわたしは、ソースのかけられたトンカツをきこきこと切る手を止め、なんとなく窓の外を見てみた。

あの神社の鎮守の杜は、今日もまた、酷暑《こくしょ》の都会にひっそりと深い緑色を滲ませていた。

＊

——しかし、その日はそれだけで終わらなかった。

佐藤の目をごまかすため、わたしたちはばらばらに職場に戻るようにしている。また、四階までは遠いため、村上くんに最初に早めに戻ってもらうのが常だ。田所さんはありがたいことに、「何かあったら大変やし」と、いつもわたしの少し後ろについてくれる。

この日も同じ順番でカフェを出て、昼休みが終わる前にオフィスに戻るべく、大きなお腹を支えながらふうふうと手摺《てすり》に縋《すが》っていたわたしの耳に、野太い叫びが突き刺さった。

「ギャアア」

次いで、どすん、がたんと重いものをぶつけるような音。上のフロアからだ。

今の声って、——佐藤？

「どうしました⁉」

　走るのは難しいが、できるだけ急ぎ足で向かってみると、踊り場で佐藤がうずくまり、ふくらはぎをさすっていた。「チックショー、いてて……」と大げさに痛がる彼に、通りがかったらしい他部署の社員も、足を止めて顔を見合わせている。

　佐藤はしばらく歯を食いしばって震えていたが、やがて真っ赤な顔で唾を飛ばしながら叫んだ。

「……誰だ！　オレを突き飛ばしやがった奴‼」

「えっ」

「相馬ァッ！　お前かァ⁉」

　まるで摑《つか》みかからんばかりの勢いで詰め寄られ、とっさにわたしはお腹をかばいながら後ずさる。

「ち、違います！　第一、わたし下のフロアから上がってきたんですから！　どうやって突き落とすんですか！」

「あぁん⁉　ふざけんな、そんなの見てねえし！」

「いや、本当ですわ。俺、さっき相馬さんの背中見ながら階段上がってきましたから、間違うはずあらへんし」

駆けつけた田所さんが、とっさにわたしとの間に割って入るように、佐藤をいさめてくれる。

「本当だろうな!?」

「いや、嘘《うそ》ついてもしゃーないでしょ。誓ってほんまです。っていうか、……え？　佐藤ディレクター、突き落とされはったんですか……？」

最後は怪訝《けげん》そうな声になる田所さんに、佐藤はさらに吼《ほ》えた。

「ああそうだよ！　オレが階段下りようとしたら、いきなり背中を押されたんだよ！　チクショー誰だ!!　ケーサツ呼べ！　犯罪だぞ!?　糞が、糞が、糞が!!」

同じく騒ぎを聞いてやってきたらしい村上くんも、「ええ……？」と動揺に視線を巡らせている。わたしたちはお互い顔を見合わせた。

「あの、とりあえず病院に……」

わたしはおずおずと提案した。見たところ、佐藤の足は変な方向に曲がったりするどころか、腫《は》れあがってもいない。しかし、彼は大げさに身をよじった。

「あったりめえだろ!!　やってられっか。もうオレは帰るからな！　おお、イチチ……。今日はどうなってんだ！　財布に続いてコレかよ、偶然にしたってツイてねえなあ!!」

……偶然、ツイてない、か。

この階段は段差が大きく長さもあるし、万が一、首の骨でも折っていたら大変なことになった。悪運が強いというか、……むしろ何事もなく済んで、よかった……？

「つうわけでよ、おい村上、病院行くから治療費貸せや。二万」

「ええっ……⁉　に、二万……ですか⁉」

「あのなあ、寄こせってんじゃねえ、貸せってんだ。上司が困ってんだぞ⁉　いつも世話ンなってる礼に、自分から快《こころよ》く万札の数枚も出すのが部下の作法ってもんだろうが！」

口角に泡を吹いて村上くんに迫る佐藤を見ながら、わたしはひやりとしたものを覚えた。

――よげん。かいだんからおちる。

やはり頭に浮かんだのは、あの『引き継がれ書』の書き込みだ。

これで、『よげん』の的中はふたつめである。おまけに、『かいだんからおちる』のほうは、佐藤の証言が正しいならば、誰かに突き落とされたことになる。

わたしはとっさに、田所さんと村上くんのことを考えてしまった。

突き落としたのが、二人のどちらかだとすれば……。

けれど、それはない、と即座に首を振る。

わたしよりも階段の上にいた佐藤を突き落とすためには、わたしよりも先に上のフロアに着いていなければいけない。

少なくとも、田所さんはわたしの後ろについて階段を上ってきたのだから彼ではない。それじゃ、先に上に着いていたはずの村上くん？　いや、たしかに佐藤についてここのところ最も鬱憤《うっぷん》がたまっていたのは彼だろうけど、いくらなんでも。でも、彼の書き込み内容は最近すごく過激だったし……。いやいや、やっぱり、そんな……。

考え始めるとぐるぐると止まらなくなって、それから、わたしは村上くんのほうを見ることができなかった。それどころか、なぜか彼のまなざしがこちらにジッと注がれている気がして、むしょうに恐ろしくてならなかった。

突き落としたのは、あなたですか？　と。

折を見て、ちゃんと訊いてみるべきなのだろうか。

訊いて、どうするんだろうか。

この職場は、同僚の仲がいい。上司が最悪なせいで仕事までも最悪のなか、それが唯一の救いなのだ。その関係性が崩れるのではと不安になる。村上くんから「そうですよ」と答えが返ってきたら、わたしは今後どんな顔で彼に接したらいいのだろうか……。

手のひらが汗で湿り、指先が冷たくなる。冷房は利いていないはずなのに。

視線をせわしなくさまよわせた挙句、わたしは結局、共有フォルダを開いて、またあの『引き継がれ書』を探していた。

ファイルは、当然のこと、変わらずそこにあった。

いや。変わらず、というのは語弊《ごへい》がある。更新時刻が、また数分前になっている。

どくん、と心臓が大きく脈打つのがわかり、わたしはそっと唾を飲みこんだ。

意を決して、タイトルをダブルクリックする。

すると果たして——思った通り、また赤文字の『よげん』が書き足されていたのだ。


『てっこつがおちてくる』


「……!!」

ひゅっと息を吸いこむと、わたしはその一行を凝視した。

——鉄骨が落ちてくる。

何度読んでも、内容は同じだ。

佐藤はさっそく早退したらしく、放牧場の離れ小島に小太りの姿はない。

＊

——その日。

残りの業務時間中、わたしは気もそぞろに過ごした。

さすがにそんなベタな！　と笑い飛ばしたい気持ち半分、いや、でも今まで二度も……という恐れ半分。

なお、抵抗むなしく、村上くんは佐藤に二万円を渡すはめになってしまった。朝の一万はどこに消えたんだという話である。妊娠中で時間短縮勤務をさせてもらっているわたしは、カンパを村上くんに渡すなり、定時の一時間前にそそくさと席を立つと、視線をなるたけ下げて戸口に向かった。おそらく思い込みだろうけれど、なぜだか背中に二人の視線が突き刺さってくるような気がしてならなかった。

赤い鳥居をしりめに神社の前を抜け、駅へと急ぐ。佐藤は、会社の近くにある病院に行くと言っていたから、自宅に帰るには駅を使わねばならず、どのみち同じ道を通るはずだ。

どうして、何に追われている気分になっているのか、自分でもよくわからない。

まだ胎動《たいどう》は感じられないが、お腹の中で、赤ちゃんもじわじわと熱を発して不安を訴えてくるような心地がした。オカアサン、ダイジョウブ？　声なき問いかけに、下腹部に手を当てて俯《うつむ》き、心の中で答える。ごめんね。ダイジョウブよ。ダイジョウブ。

やがて、駅の階段が間もなく見えてこようかというころ、道端に人だかりができていることに気づき、わたしは目を瞠《みは》った。ちょうど、新しいビルができるとかで、工事現場になっている辺りだ。

何があったんだろう。

嫌な予感がして、わたしは人だかりの中を覗《のぞ》きこむ。建設会社のお兄さんたちが厳しい顔で何事か言い交わす声が聞こえ、また、人の輪の中には警官らしき制服も見えた。

立ったまま調書らしきものをせわしなく取りながら、その年若い警官は、現場監督らしき人にいろいろと尋ねている。

「それじゃ、本当に事故で間違いないんですね？」

「はあ、ハイ。若い奴らにも注意するよう言ってたし、固定はしっかりしてたはずなんですが……今までこういうことなんてなかったし……」

「けれど現実にこんなことになっているわけですから。まったく、誰も怪我人が出なかったからよかったものの、一歩間違えればどうなっていたことか。今後は気をつけていただかないと……」

会話の内容に、不吉なものを覚える。

えっ、何があったの？　じ、……事故？

ぞわりと足元から這《は》い上る悪寒《おかん》に耐え、焦りに突き動かされるまま、わたしはそうっとキリンのように首を伸ばして人だかりの中心を覗いてみた。

「あっ」

思わず声が漏れ、慌てて口を押さえる。周囲の人たちがちらりとこちらを見たが、単純に、滅多にない事故に驚いただけだと思ったようで、すぐに興味をなくして顔をそむけてしまう。

けれど、そんな理由ではなく、わたしはその場に立ちすくむ。

なぜなら、歩道から車道にまたがって――アスファルトにめり込むように、大きな鉄骨が一本、転がっていたのだ。

上の工事現場から降ってきたのは、一目瞭然だった。

＊

「お前ら聞いてけよ！　昨日な、病院から駅まで戻ってくるあいだに、工事現場から鉄骨が落ちてきて、漫画みてえなピンチがだな」

階段から落ちたものの、やはり怪我は大したことなかったらしい。

翌日、何事もなかったように出勤し、話したくてたまらなかったのか、嬉《うれ》しげに体験談を披露し始めた佐藤の声を聞き流しながら、わたしはそわそわと居ても立ってもいられないほどの焦燥感に耐えていた。

まさか、本当に……鉄骨が落ちてくるなんて。それこそ、無事でよかった。万が一にでも直撃していたら、さすがに……。

いよいよ、笑いごとではなくなってきた。

気になって仕方ない。あの『よげん』は、一体誰が書いているのだろう。

もちろんわたしではないので、書いているのは田所さんか村上くんで間違いないはずなのだが、彼らは階段や鉄骨の話に普通に驚いているように見えたし、「自分の書き込みと同じ不幸がマジで起きてる⁉」と顔色が悪くなる様子もなさそうだし。

二人それぞれに、「あの『引き継がれ書』の書き込み見ました？　っていうか、あれはあなたが……？」と訊いてみたい衝動に駆られるけれど、「見た内容は詮索しない」という掟を破ることになるので気が咎《とが》めて、それもできない。

……そもそもこれは、「偶然に」起きた事故なのだろうか？

なぜなら、佐藤は階段から「突き落とされた」と言っていたし。

たとえば、……そう、たとえば。

夜のあいだに、工事現場に忍び込んで、一定の時間が経つと落っこちるように鉄骨の一本に細工をする。そして、佐藤を階段から突き落として軽く怪我を負わせ、病院から駅に向かう途中、ちょうど鉄骨が落ちるころに工事現場の下を通るように仕向ければ。

いやいや。そんな推理小説みたいなこと、できるわけがないでしょ？

それで、できるとしたらやっぱり村上く――

ああ、待って。

わたしも何を考えているんだろう。だから、ないってば、そんなことは。

妊娠中は心が不安定になりやすいから、それでこんな馬鹿なこと思いつくのかな？　いやいやいや、ほんと、ないったら、ない……。けど、なあ……。

落ち着きのないハムスターを頭の中で飼っているように空回りする思考に、思わずため息がこぼれる。『引き継がれ書』は、いつでも定位置で、誰かが訪れるのをじっと待っているはずなのだが。今は、とてもじゃないけれど共有フォルダを見る気になれない。

だって開いた時に、――あの赤い文字の書き込みがあったらどうしよう。

そして、またあのひらがなばかりのそっけない文で、『しっぱいしちゃった』とでも書かれていたら。

指先が氷を当てられたように冷え、わたしは背筋を這う寒気を抑えるように肩を抱いた。

気にしないのが一番。わたしには関係ない、はず。

けれど、すべてをただの偶然で片づけ、忘れようとすればするほど、あのファイルが気になって仕方なくなる。

わたしはとうとう、誘惑に負けてフォルダを開いてみた。

薄目を開けるようにして、おっかなびっくり更新日時を見てみる。

――昨日の、同じ時刻で止まっている。

どうやら、例の赤文字の『よげん』――わたしの予想では、たぶん村上くんの仕業なのだが――は、今日は増えていないらしい。

なんだか腰砕けになりそうなほど安堵《あんど》し、わたしは椅子の背もたれに沈みこんだ。

……それにしても、気味が悪い。わたしは、ぎゅっと眉根を寄せて、『引き継がれ書』の最新行に居座るその赤い文字列を睨む。ここのところ、『よげん』が書き込まれてから、誰も――といっても、これも我々三人のうちの誰かしか書きようがないから妙な言い方だけれど――新しい呪いを追加していない。なんとなく、書きにくい雰囲気を感じていた。

ちょっと視線をずらすと、その前に綴られているのは、何の変哲もない、ずっと主流だった黒い文字。そういえば最初の『よげん』の直後に、わたしは佐藤をローストポークにしてやれ、と打ちこむつもりでファイルを開いたのだった。

こめかみがチクリと痛む。わたしはますます顔をしかめた。

……思えば。

この『引き継がれ書』は、とてもとても、都合がよかった。

会社で毎日のように佐藤から受ける、パワハラやマタハラの発散の場として。でも、本当はそれだけじゃない。

前の部署でくだされた評価への不服。この異動や、周囲からの扱いへの複雑な思い。妊娠のストレス。そして、夫への日々の小さな苛立ち。

そういった、ごく些細な、けれどやり場のない、心に降り積もっていく小さな悪意たちを、「だって佐藤がいるせいだから」とひっくるめて押しつけるのに、実に最適な場所だった。

そして、わたしたち仲のいい同僚たちは——いや、同僚たちの連帯感は、呪いを吐き出す行為によって、たしかに強められていた。てらいのない言い方をすれば、「あいつ、邪魔だよね」とか「ほんといらないよね」とか「もう、いっそやっちゃいたいよね」とか、そんなお気軽な悪意の共有によって、わたしたちは〝楽しく盛り上がって〟いられたのだ。

爆薬に直《じか》に火をつけたのは、たしかに佐藤だ。でも、導火線を短くしたのは？　本当に、佐藤だけだったか？

——気づけばわたしは、『よげん』で始まる赤い文字の群れにカーソルを合わせてドラッグすると、デリートキーを押していた。

かちん。キーの沈む音が、やけに大きく響く。

そうして当たり前だが、あっけなく『よげん』は消えた。そこには、前と同じく、誰が書いたのか大体のあたりがつけられる、黒いテキストが並ぶばかりだ。

保存ボタンを押したところで、ほっ、と知らず詰めていた息を吐き出す。

――書いた人には申し訳ないけれど。

でも、このままでは。わたしたちが溜め込んできた小さな悪意の集積が、いつか本当に人を殺してしまうような気がしていた。そんなの、もちろん根拠のない妄想だと、わかっていても……。

不意に。

ぶぶぶ、と上着のポケットの中でスマホが震え、わたしは首を傾げた。

取り出したスマホのスタートボタンを押して画面を覗くと、ショートメッセージが届いたようだ。見慣れた壁紙の、新婚旅行先のハワイで撮った風景写真の真ん中に、ふうっと浮き上がった通知の文字列に、心臓が大きく脈打った。

『けさないでよ』

――ガシャン。

スマホを床にとり落とした音は、思いがけず大きく響き、わたしは上げかけた声を呑みこんだ。

……え？

なに、これ？

ちょっと、待って。

足元で裏返しになったスマホを、信じられない気持ちで見下ろす。

……いや、偶然だ。差出人の名前までは見る余裕がなかった。たまたま、夫か友人か誰かが、何か別件で送ってきたメッセージだろう。

そう思うのに、背中からこめかみから、ぬるついた汗が噴き出して止まらない。いつも触っているスマホを、今は指先でつつくのすら気味が悪い。

「おっと！　元気なスマホやな。結構ええ音したで？　壊れてへんか？」

たまたまそばにいた田所さんが、屈んでスマホを拾い上げてくれる。仕方なく、「あ、ありがとうございます……」と、わたしは震える手でそれを受け取った。

時間が経ったせいか、画面はブラックアウトしていた。おそるおそるもう一度スタートボタンを押すと、何も表示されない。

み、……見間違い、だった、の、かな？

訝《いぶか》りつつ、わたしは何げなく――本当に何げなく、パソコンに視線を戻してしまった。

「ひっ」

今度こそ、わたしは短い悲鳴を上げた。

そこに並んでいたのは――消したはずの赤い文字たち。

すべてが、何事もなかったかのように、復活していたのだ。『ちゃんとみてるよ』と、囁《ささや》きかけられた気がした。

どういうこと。……消したよね？　それとも、消したつもりになっていただけ？　たしかに保存したと思ったのは気のせいだった？

……そんなわけがない。なぜならウィンドウを狭めて更新時刻を見ると、一分前になっていた。わたしが保存したのはもっと前だ。このワープロソフトに、自動保存の機能なんてついていない。でも、ファイルはずっとここで開きっぱなしだったのに。わたし以外の誰も開けないファイルを、誰が、上書きできたというのだろう。

いよいよ汗腺《かんせん》が開ききり、次から次へと滝のように冷たい水が肌を滑る。わたしは、いまだに早鐘《はやがね》を打つ心臓を服の上から押さえ、ざりざりと気道を削るような荒い呼吸を鎮《しず》めようと試みた。けれど、ちっともうまくいかない。

「相馬ちゃん、体調悪いん？　……大丈夫か？」

どうやら、傍目《はため》にも青い顔をしていたらしい。田所さんが、太い眉をひそめて顔を覗きこんでくる。

「無理せんときや。こないなところでする無茶なんて、なんもないんやし。……ま、最近だけは、ウチには珍しく大っきいプロジェクトも入っとったから、気ィ張ってたんかもやけど、それももう終わりやしなあ」

「あ、ありがとうございます……ちょっと」

心配そうなその声に、わたしは胸を撫《な》で下ろしつつ微笑《ほほえ》んだ。気遣いがありがたかったので、どうにか自然に笑うことができた。

「あの、相馬さん……」

ふと気づくと、村上くんも何か言いたげにこちらを見ている。

「は、はい？　な、なんでしょう？」

こちらにもぎこちなく笑みを返すと、村上くんは、なぜかびくりと身を引いた。

「ええと……すみません、昼休み、ちょっとお話いいですか。田所さんも」

彼は迷いつつ、こっそりとわたしたちに囁いた。気になって佐藤を見ると、どうやら珍しくこちらの内緒話に気づいた様子はなさそうだ。いつも、自分の話題だと察すると耳ざとく「何話してんだァ!?」と怒鳴ってくるのに。

それにしても、村上くんからの話、って。

――ひょっとしなくても、例の『よげん』についての告白だろうか。

「……はい。いいですよ」

「ええで、俺も」

騒ぐ心臓を宥《なだ》めながら、わたしは田所さんとともに、そっと村上くんに頷き返した。

ちらりと壁の時計に目をやる。午前の業務が終わるまで、あと二時間半。

あとは、昼休みになるのを、ルーチンをこなしながら待つだけ――の、はずだった、のだが。

「おい。田所、ちょっとツラ貸せ。相馬と村上もな」

豚のドスのきいた声が響いたのは、その直後である。

それは、――予想もしない、長い二時間の始まりだった。

＊

ああ、――酷い目に遭《あ》った。

昼休みのチャイムが間もなく鳴ろうかというころ。

わたしたちはぐったりと肩を落とし、各々のデスクに戻っていた。この二時間のことは、思い出したくもない。

まずは、決定済みのとある企画に、豚がいきなり異を唱えたのだ。組合や他部署とも調整済みの大きなプロジェクトで、我らが社内誌にしてはいたって珍しく、上層部から諸々《もろもろ》のお達しが来ていた。

べつに、こんな最果ての部署で、今後の進退に影響するわけでもないだろうに――それで無駄に奮起したらしい佐藤は、細部まで詰めきってあったその企画を、急にひっくり返したのだ。

ただ、奴の自己満足のための、無意味なやり直し。

「こんなチンケな内容で上が満足するわきゃねえだろ！　リテイクだリテイク。まったく、黙って任せておけばいい加減な仕事しやがって。もちろん全部、一からだ!!」

唾を飛ばしながら、わたしたちを睨みつけ、佐藤は饒舌《じょうぜつ》に語った。最近立て続けに起こった不幸な事故への鬱憤も含まれているであろうそれは、あまりに理不尽で。昼休みを潰したりしながらどうにか積み上げてきた仕事も、何もかも無駄になってしまった。

「待ってください。それじゃ、スケジュールが間に合いませんて！　組合や他部署との連携もあるのに、もう決定済みのことまで、我々の都合でいきなり変更をするわけには」

「あァん……？」

とっさに田所さんが嚙みついたのが、どうも、徹底的に奴の嗜虐心に火をつけたらしい。

「そんなもん、クソしょーもねえ仕事したてめえらゴミクズのせいだろうが!!　許してもらえるまで泣いて這いつくばってでも謝ってこいや!」

果たして大喝《だいかつ》のあとに待っていたのは、――恒例の、土下座行脚だった。

しかも今度は、わたしたちに一切の非はない。彼の独断と偏見による、罪状不在の謝罪なのである。

「たいへん、申し訳ございませんでした。全面的にわたくしどものミスで、会社と皆さまにご迷惑をおかけすることになってしまいました……!」

おまけにプロジェクトは大詰めなのに。ただでさえ忙しい中、仕事を中断して、わざわざオフィスを出て本社まで出向かされ、いちいち関係部署を巡っては、大声で謝り倒し、深く頭を下げる。

なお、わたしたち三人の行脚を、佐藤は舌打ちしながら、自分は関係ないとでも言いたげに、遠巻きに監視していた。けれど、彼が「よし」と小声で指示を出すまで、わたしたちは頭を上げることは許されない。

ついでになぜか、――本当に意味がわからないのだが――土下座行脚の時は、出向く先に事前にアポをとることは許されない。

かくしてわたしたちは、いきなりの電撃訪問に戸惑う各部署の面々の前で、「なんだなんだ」という呆気にとられた衆人環視のなか、それを繰り返し続けたのだった。

「ええ……？　何コレ？」

「ほら、社内誌の」

「あー、いつものやつ」

自分たちを取り囲むざわめきに、失笑が交じっているのが聞きとれ、わたしはかっと頬に朱が上ったものだ。いや、わかるけれども。わたしだって、逆の立場なら、たしかにそうとしか言いようがない。

つい、お腹にぎゅうっと力が入る。体温が上がって、こめかみに汗がにじんだ。

最近は、少し歩くのもしんどい。でも、それを訴えたところで、「健診だけでクソなのに、この上てめえのわがまま聞けると思うか？　ましてや病気でもねえくせに。迷惑かけたら、体調がどうの言い訳してねえで、素直に謝んのが筋だろうが！」と一蹴《いっしゅう》されたので、どうもならないのが、豚の手下のつらさだ……。

そうして、午前いっぱいをほぼまるまる使った土下座行脚の果てに、再びオフィスに辿りついた時、わたしたち三人は、まさに真っ白な灰になっていた。

脱力感が半端ない。表情筋からも力が抜けきり、自分の顔が今、能面みたいになっているのが容易に想像できる。

……まじか、おい。

仕事がパァどころか、今日の前半まで、消し飛んだんですが。あの大きな仕事を最初からやり直すなら、もはや一分どころか一秒すら惜しいというのに。それも、まったく謂《いわ》れなき罪のために。

この件では、豚には一片の正しさもない。

たとえ、自分たちのミスが原因でも耐えがたかった土下座行脚だというのに。いや、さすがに。これは……。

豚の横暴の極致に――おそらく、わたしたちは、三者それぞれに、疲れきっていたのだと思う。

誰からともなく『引き継がれ書』を開いたのは、本当に無意識だった。

徒労に終わったあれこれへのやりきれなさ、豚への個人的な怒りはもちろん、今こそ正義は我にありという義憤的な何かまでもひっくるめて、ぐちゃぐちゃに混じり合った熱の塊《かたまり》。どうにも収まりがつかず荒れくるう感情の波を、とにかく、どこかにぶつけたくて仕方ない。むしゃくしゃした勢いで、目当てのドキュメントを開こうとすると『他の人が使用中なので開けません』とポップアップメッセージが出る。

お願い、早くして。ほら、もう出てよ。

お腹を壊している時のトイレ待ちの心地で、胸に溜まったどす黒いものの吐き出しどころを求め、わたしは机を人差し指でこつこつ叩いた。

やっとのことで開いたファイルには、さっそく二人分の心の叫びが足されていた。見慣れたいつもの・を頭《なかぐろ》につける箇条書き。形式だけ冷静なのはちょっと面白い。

『お前に人権はない！　ゴミクズ豚野郎、血を吐け頭潰れろ原形留めないぐらいグチャグチャに事故ってしまえ！　っていうかむしろ殺されろ！　刺されろ！　帰宅途中に通り魔にメッタ刺しにされて殺されてしまえ！　ブタ刺しにされて死ね！　死ね！　死ね死ね死ね死ね死ねしねしねしねしねしねしねしsんえ』

文法や語彙《ごい》が乱れ気味の「死ね」連打は、おそらくマンポール村上くんであろう。ラスト、この特徴的な打ち間違いによる激情の発露も見覚えがありすぎる。

『疲れるわ。なんでもええから、もう明日から会社に来んとってほしいわ……』

続けて、田所軍曹の、静かだけど切実な願いが書き込まれている。キャラを通すためか、なぜか文字まで関西弁で打っているのが場違いでおかしい。無記名の意味がない。

二人の怒りっぷりで、ちょっとだけ溜飲《りゅういん》が下がる。よくぞ言ってくださいました、と同意半分、さっき決まった緊急ランチミーティングだけど、もう本来の目的を外れてこの話題でもちきりだろうなあ、と予想半分。やっと順番が回ってきたわたしは、自分も思いの丈をファイルにぶつけることにした。

『ホント、誰かアイツ刺し殺しちゃって。なんなら今夜にでも。メッタ刺し希望（笑）』

　昨晩、お腹が苦しくてあまり眠れなかったせいもあるのだろう。——思いのまま書き込んだ内容は、自然と、いつもより過激な言葉選びになった。

　ただ、その一言だけ書くと、なんだか憑《つ》き物が落ちたみたいにスッキリしてしまい、わたしは上書き保存してファイルを閉じた。フォルダの赤いバツ印にカーソルを合わせ、ふうっと息をついた瞬間。

「オイ。何ため息ついてんだ？　あぁ？」

「⁉　は、はいっ」

　後ろから佐藤に声をかけられて、わたしはビクリと身を引きつらせた。

「なんか文句でもあんのか？　オマエらが最初からちゃんとまともに仕事してりゃ、オレも言いたくねえこと言わずに済むんだよクソどもが」

「あ、いえ……何も……」

「じゃあもう息止めて働け。ウゼエ」

　幸い、画面は見られずに済んだらしい。単にトイレにでも立つだけだったらしい佐藤は、とおりいっぺんの捨て台詞を吐いて、聞えよがしな舌打ちをおまけにつけると、がに股で室内を出て行った。

「……」

あ、危なかった……。

横目でその後ろ姿が完全に消えるのを確認して、なんとなく、改めてファイルを開いてみる。さっきいきなり消しちゃったし、きちんと保存できてたっけ。まあ、別に一言しか書いてないからいいけど……などと、とりとめもなく考えていたわたしの目に、赤い文字列が飛び込んできた。

一行だけ増えたテキストには、ひらがなでただ、

『まかせてよ』

とだけ書かれていた。

——ぞわり。

背中を、何本もの冷たい手で撫でられているような感覚に。

わたしは息を呑み、ただその一文を凝視した。

いったんファイルを閉じて、もう一度開き直す。

何度確認しても同じだ。

『まかせてよ』

単純な五文字の羅列。

任せろ？　何を？　そんなこと確認するまでもない。なぜって、その前にあるのは、わたしたち三人が、衝動のままに書き綴った、佐藤への恨み節。

いや、そんななまぬるいものじゃなくて。

あいつを、すぐにでも誰かが殺してくれるように心底願って、殴り書いた文章が――

――きーんこぉん、かーんこぉん。

その瞬間、空間を叩き割るように午前中の業務終了のチャイムが響き、わたしは知らず止めていた呼吸を再開した。

どっどっど、と鼓膜を揺らして響くほどに、心臓が暴れまわっている。運動もしていないのに。

そこで不意に、ぽん、と肩に手を置かれ、わたしはぎょっと身を竦めた。

「……昼飯行こか。ちょうど今、豚おれへんし」

がばっと振り向くと、神妙な顔をした田所さんと目が合った。その後ろには、こころなしか青ざめた村上くんの姿がある。

＊

いつものカフェに向かう最中、わたしはずっと、村上くんに何と声をかけるべきかを考えていた。

いや、訊くべきことは決まっている。

財布と、階段と……鉄骨、あなたじゃないよね。

今の五文字も。まさか、本気で殺すつもりじゃないよね。

違うよね。今までは冗談だったんだよね。そうだよね。

それを口に出す勇気が持てないだけだ。

さっきまで、同じ理不尽への怒りに駆られていたはずなのに。カフェに向かう道中、わたしたちは終始無言のままだった。

お決まりのソファー席に案内され、日替わり定食――今日のメニューはポークチャップだそうだ――を注文すると、重たい沈黙が落ちる。

どうしようか。わたしはぐるんと視線を店内で一巡させると、意を決して村上くんに尋ねた。つとめて明るく聞こえるように。

「話って、なに？」

「えっと、その……」

村上くんは気まずそうに俯いた。そのままじっと膝の上に置いた自分の拳を見つめていた彼だが、やがて突撃前の兵隊みたいなまなざしでわたしに問いかけてきた。

「そ、相馬さんじゃないっスよね？」

「……へ？」

ぽかん。

その時のわたしときたら、おそらく、まさにその擬態語が似合う間抜けづらを晒《さら》していたに違いない。なにせ、自分こそが彼に問おうとしていた一言を、立場を逆にして尋ねられてしまったのだから。

「あ、えっと、そのっ。た、田所さんも……ち、違いますよね……？　スンマセン、変なこと訊いて」

急に自信がなくなってきたのか、ひゅるひゅると意気消沈していく彼に、わたしと同じく田所さんも目を瞠って絶句している。

「すまん。……確認やねんけど。あの赤い字の書き込みのことやんな？」

「そ、そうです！　ひ、『引き継がれ書』の！　あれの、何書いてあっても追及しない鉄則破って、申し訳ないんスけど……」

「その件な、俺も今日ここで、きみに尋ねよう思てたんやわ。あの予言とかいうん、ひょっとせんくても、村上くんやんな？　って……」

呆然《ぼうぜん》としたように、田所さんが呟いた。

「ええっ!?　ぼ、ボクじゃないっスよ!!　ボクはてっきり、相馬さんと田所さん、二人でやってんのかなって」

「えええ!?　わ、わたしも違いますよ！　わたしはてっきり、村上くんだと思って！　だから今日は、不文律に背くけど、……いい加減やりすぎですよって止めようかと……」

「もちろん俺もちゃうで。……せやったら、誰やねん。あれ書いたん」

「……それは」

わたしは返答に困った。

また、会話が途切れる。

「……この中の誰が書いたわけでもないとして、や」

やがて口火を切ったのは田所さんだ。

「最後の一行、みんな見たか？」

「は、……はい」

わたしは頷く。

要約すれば、『誰か佐藤をメッタ刺しにして殺してくれ』という、わたしたちがかけた呪い。それに対して、赤い文字は一言返してきたのだ。『まかせてよ』と。

「ぼ、ボク、そういうんじゃなかったんス、よ」

やがて、今度は村上くんが口を開く。彼は、顔を紙みたいに白くして震えていた。

「ここのところ変な書き込みが続いたから、ちょっと、あのファイル使うのもためらってて。で、でも……今日は、ただほんと、頭に血が上って、……なんであんなこと書いたのか自分でもわかんなくて、それで」

「わたしも……目の前が真っ赤になって、どうしようもなくて」

みっともなく声が喉につかえる。言い訳にすぎないと自覚はあった。田所さんも、色をなくした顔で頷く。

「俺もいっしょや。……おらんようになれって感じのこと書いたし。どういう仕組みかも、誰のせいかも知らんけど……万一、これがほんまに実行されてまうんなら」

今晩、帰り路で佐藤は——

「けっ、警察っ」

身を乗り出した村上くんが、咳《せ》き込むように叫んで手を挙げる。

「警察に相談したら！」

「……どうやろか、それは。イタズラやと思われへんかな」

田所さんが顎《あご》に手を当て、眉間に皺を寄せる。

さらにわたしは、その言葉に、我ながら最低だなあという保身の解を示した。

「イタズラで済んだらいいですけど……ファイルの説明、どうしましょうか」

その言葉に、二人はそろって言葉を失った。

なぜなら『引き継がれ書』は、みんなで仲良く練り上げた殺人計画書に見えなくもない。あのファイルを見せて、今までの経緯を聞かせたら。何も知らない警察は、それらの情報をどう捉《とら》えるだろうか……。

第一、考えてみれば、本当に何かが起きると確定したわけでもない。

「だから……」

わたしは唇を開きかけて、――続きを声にする前に、とっさに呑みこんだ。そして、自分の発想に慄然《りつぜん》とする。

だから、って。だから、なんだ。何を言おうとした。

もういいにしませんか、とか。見なかったことにしませんか、とか。そのあとに来るのは、もちろんそんな言葉だ。

このまま、見捨てる？　……見捨てて、いいの？

——佐藤は仕事の邪魔で。

部署のみんなのために、会社のために、一刻も早く排除されて然《しか》るべきで。

あの赤い文字の予言が、どこの誰の仕業かわからないけれど、少なくともわたしたちのせいじゃないらしい。

もし佐藤に何かがあったとしても、それは彼の身から出た錆《さび》だから仕方ない。だって、わたしたちが自分で手を下すわけじゃないし。起きるかどうかもわからない事件のために、警察からありもしない疑いをかけられて、あの豚のせいでわたしたちの将来に傷がつくことが、果たして正解なのか。

きゅっと唇を引き結び、わたしはお腹に手を当てる。やがて生まれてくれるはずの、大切な新しい命。そのお母さんが、妙なトラブルに巻き込まれるのは……。

でも。

いかに、最低最悪な害虫みたいな男とはいえ――ここで、見なかったことにして、本当に佐藤の命が奪われるような事件が起きたら。

わたしは、この子に顔向けできるのだろうか。

そのことを一切悔いずにいられるほど、冷たくなれるのだろうか？

――あんなふうに。

残虐《ざんぎゃく》に殺されてしまえばいいと、笑いながら、幾度も呪いをかけておきながら。

……あまつさえ、なんなら佐藤以外の要因のストレスも、みんな彼のせいにしてぶつけてきたかもしれないのに。

もし、自分があの『引き継がれ書』に書き綴ってきたことが、一ミリでも関係していたのなら。だってみんなあいつが悪いんじゃないか、だから死んだところで自業自得だと、笑って忘れられるの？

けれど、だからといって、どうすればいい。思いつく打開策などゼロだ。もどかしい。

「せやな。せやから相馬ちゃんは、気にせんで帰ったらええ」

不意に田所さんが言った台詞に、わたしはぱちぱちと目をしばたたいた。

「遅くまで外におったら、赤ちゃんに障《さわ》るやろ」

「えっ。け、けど――」

　それは駄目なんじゃないか。わたしは、なんの答えも出せないまま、もごもごと反駁《はんばく》の接続詞だけを発する。しかし、田所さんの提案は予想外のところから飛んできた。

「ウン。そんで、相談やねんけど。今日は、俺とポールくんで、佐藤のあとをちょっと尾《つ》けてみいひんか？」

「はいっ？　えっ、えーっ、ボクですかぁ⁉」

　驚いたのは村上くんも同じだったようで、彼は自らを指さして裏返った声を上げた。

　大げさなくらい目を白黒させていた村上くんだが、やがて冷静になると、「……あ、けど、それはいいかもっスね」と納得したらしい。

「だって、何事も起きなければ、あの赤い字は誰かのいたずらの範囲内で。今までの事故は……当たりすぎてキモチわるいけど、でも間違いなく偶然って片づけられるし。マジでなんか起こりそうなら、ホントに警察沙汰《ざた》のことだし」

「そゆこと。決まりやな」

　頷き合う二人に、慌ててわたしは割って入った。

「ま、待って。そういうことなら、わたしも尾行に付き合いますから！」

「え？　せやけど相馬ちゃん時短やし、夜までおるわけには……」

「そっスよ。まあボクも何もないと信じたいですけど……。もし赤ちゃんになんかあったら大変っスよ」

怪訝そうな二人に、わたしは迷いつつ提案する。

「たしかに本末転倒ですけど、今日だけはこのカフェで時間つぶすことにします。だって、三人揃《そろ》ってないと、あの赤い予言がホントにわたしたちのうちの誰かの仕業じゃないって、わかんないじゃないですか」

もちろん、ことの顚末《てんまつ》を見届けたいという思いもあるにはあったが、「危なそうなら途中で帰りますから」と念を押すと、いちおうしぶしぶながら二人は同行を許してくれた。

＊

――『引き継がれ書』には、その日は結局、何も書き足されることはなく。わたしはその日の終業を迎えると、カフェにとんぼ返りして、アーモンドオーレ一杯をちびちび啜《すす》りながら定時までの一時間をねばった。

なお、佐藤は、どんなに仕事が溜まっていようが一切残業はしない。何もかも部下にまる投げして、必ず定時に帰る。

やがて、見覚えのある小太りの男が、灰色の古びたオフィスビルから吐き出される。彼は独り背を丸めて、プラタナスの街路樹の間を抜け、夕焼け色の街をほてほてと歩く。職場の外で見る彼は、ひどくちっぽけに見えた。

どことなく、その姿に哀愁《あいしゅう》を感じ、――今まで覚えたことのないそれに、我ながら戸惑った。

思えば佐藤はイヤな野郎だが、逆に言えばそれだけだ。極端に仕事ができず、壮絶に気が回らず、他人を見下し貶《おとし》めることで快感を得るタイプの、実に自己中心的で独善的な、ただただ――普通の、イヤな〝だけ〟の男だ。

たとえばこれが上司と部下の関係ではなく、同じマンションの住人などだったら――きっと鬱陶《うっとう》しいとは思いつつ、まだその存在を看過できたのだろうか。

佐藤は、ガラス越しにその動向を窺うわたしにも、少し遅れてついてくる田所さんと村上くんにも気づく様子はない。二人と合流すべく、わたしは佐藤がカフェの前を通りすぎるのを待って、エアコンの利いた店内から出る。相変わらずアスファルトで蒸しに蒸された外の空気は、気管につっかえそうなほど粘度が高く、思わず噎《む》せそうになる。

よたよた、よたよた。残照の街を、猫背の男が歩く。わたしたちは無言であとを追う。

みいんみいん、と日暮れを皮切りに元気になる蟬の声が、巨大な音の塊と化して、頭上から押しつぶすように降りしきる。みいん、みいん、みんみん。

「――あ」

鎮守の杜の前を通りかかったわたしは、ふと声を上げた。

赤い夕陽《ゆうひ》が、神社の鳥居をいっそう鮮やかに染め、空に滲み出した藍《あい》色との対比が美しい。同じ色に変わった歩道で、長く伸びた影がひょこひょこと移動していく。まずひとつ、少し離れてみっつ。

不意におかしくなった。

まったく、いい大人三人で、……何をやっているのか。幸い周囲には誰もいない。この素人《しろうと》集団による怪しい尾行が見咎《みとが》められることはなかった。

しかし、神社の先には、鉄骨の落ちてきた工事現場の、白いプレハブの囲いが続く。大きなマンションでも建つらしく、仮設通路は幅が狭い割に距離が長いので、身を隠す場所もない。一度でも佐藤に振り向かれたらおしまいだ。

緊張のせいか、囲いに一定の間隔で貼られた、『ご迷惑をおかけします』のポスターが気に障る。黄色いヘルメットを被った男性が頭を下げるありがちな図案だが、デフォルメキャラクターのうつろなまなざしが、いつになく薄気味悪く感じられた。

「どこまで行きましょうか。もうすぐ駅ですけど、電車、一緒に乗ります?」

「せやなあ……」

小さく言い交わしたところで、――ぶぶぶ、と鞄《かばん》のポケットに振動がきて、わたしはギクリとした。

携帯に電話着信である。このタイミングで！

「そそそ相馬さん！　で、電源切っといてくださいよ⁉」

同じく飛び上がった村上くんが、控えめに抗議してくる。マナーモードでよかった。佐藤がこちらを向く気配はない。そして、彼が誰かに襲われる気配もなかった。

「ご、ごめん！　おっかしいな、切ったつもりだったんだけど……」

わたしはわたわたとスマホを取り出し、赤い通話保留ボタンを押す。あ、非通知だ――と気づいたのは、表示画面を確認した時だった。

しかし、たしかに保留を押したはずなのに。

「……えっ？」

ぷつ、と。

軽い音を立てて画面が通話モードに切り替わり、薄暮《はくぼ》の中で液晶が明るさを増す。スマホが、ぶぅうん、と大きくハウリングした。

そして、雑音の上から重ねるように、声が響く。

『だよねえ』

わたしたちは、同時にピタリと足を止めた。

……なんだ、今の？

とっさに、手の中のスマホを凝視する。

ヘリウムガスで変質させた上で、スピーカーの音割れしたような声。唐突な同意。

「あ、あの？　もしもし、相馬で……」

おそるおそる定型文を返すわたしの戸惑いなどおかまいなしに、通話相手は一方的にまくしたてた。

『だよねえそうだよねえ悪いのはあいつだものねえ。わわ悪いわるいよねえ悪いからあいつが悪いわたし悪くないからこまるよねえすごく困るよねえ。うんそうみんな困ってるからどうにかしなくちゃいけないよねえ。だから仕方ないよねえ。みんな困るから仕方ないよ。うん、そうねえそうなの』

ひそひそ、ひそひそ。

ふふふ。ひひひ。きゃらきゃらきゃら。

時おり思い出したように忍び笑いが挟まる。わたしは声も出せずに固まった。

女？　男だろうか？　一人？　それとも複数？

遠くなったり近くなったり、聞きとりづらいのに、不思議となんと言っているのかはよくわかる。

「そ、……相馬さん？　その電話なんスか……？」

「知り合い、ちゃうよな」

後ろの二人にも聞こえているらしく、固唾《かたず》を飲んでこちらを凝視している。わたしは震える声で、電話口に尋ねた。

「え、と……どなた……」

答えはない。

気づけば、佐藤の背は少し先にあるプレハブ囲いの角を曲がり、すっかり見えなくなっている。あ、まずい、見失う——そう思うのに、足が動かない。

ぶぶぶ、ぶぶぶぶ。

るるる、るるる。

ぴぴぴぴ。

同時に、田所さんと村上くん、それぞれのポケットからも、次々に着信音が鳴った。二人が表情を強張《こわば》らせて触れもしないうちに、ぷつ、ぷつ、と通話に切り替わる。

オンフックなんて押していないのに。まるで耳もとにスマホを押し当てられたように、声が鼓膜を揺らす。

『だよねえそうだよねえいやだよねえ。こまるの。みんなすごくこまってるのこまるのはいやだよねえ』

『こまるねえこまるならこまるものは消さないとだめだよねえ。わかるよ。そうだよねえ。いやだよねえこまるよねちゃんとしないとねえ』

ぶつぶつと独り言のような呟きは、同じ口調や声で、三つそれぞれから響き、まるで輪唱のように重なる。喧噪《けんそう》の中にでもいるように。

ひそひそ、きゃらきゃらきゃらきゃら。

『うんそうちゃんとするの、ちゃんとするからちゃんとガラスを砕いて口に詰めて目に突き刺して舌をちぎって針を刺して脳髄《のうずい》引きずり出して殺さないとだめだよねえそうだよねえ。刺して刺してさ刺して消さないと』

『えぐらないとだめだよねえ。めだま。鳥に抉らせないとそうだよねえ』

『おへそに芯をさして燃やさないとねえそうだよねえ。てのつめ。なまづめ。生爪ぜんぶはがさないとだよねえ。ああた、あたあたりまえだよねえ』

『けけけ消すの消さないとだめだよねえそうだよねえ。ちゃんと言う通りにするからうんそうみみんなそうだよねえそう思うよね思うもんねえ。だからね。けどねえなんで。なんでするの。なんでじゃまするの』
そこで、電話は一度黙った。

『なんで、じゃまするの!!』


ブツン。

甲高く叫んだきり、一斉に電話は切れた。

ひゅっ、と自分が息を吸う声が、変なふうに肋骨《ろっこつ》の内側で反響する。

ツー、ツー、ツー……。切れた電話の向こうから、電子音が通話者不在を伝えてくる。

ばくばくと、破裂しそうな勢いで脈打つ心臓の音が、ひどく耳障りだ。

「い、……今のなんや?」

やはり、田所さんと村上くんにも聞こえたらしい。

幻聴じゃ、なかった。

背筋がぞわっと粟立《あわだ》つ。汗ばむほどの熱気に蒸されているのに、まるで真冬の海に放り込まれたように寒気が止まらない。

「イタ電っスかね……?」

「にしては、言ってる内容が……」

思わず三人とも黙りこんだ。その瞬間だ。

「ギャアアア」

カエルを潰したような大絶叫がすぐ先から聞こえ、わたしたちは同時に顔を上げた。

——佐藤の悲鳴だ。

「相馬ちゃんはそこにおり！」

わたしは凍りついたように動けなかった。とっさに駆け出したのは田所さんで、その後ろを村上くんも追いかけていく。

「……佐藤さん！」

数秒のロスを経《へ》て、ようやっと、わたしもよろよろと角を曲がり、佐藤を探す。しかし、見間違いようもなくすぐ前を歩いていたはずなのに、あの小太りの姿はどこにもない。

曲がった先には、工事現場への出入り口がある。まさか、この中にいるのだろうか？ 扉には外から錠前《じょうまえ》がかかったままだし、囲いは高くて絶対に飛び越えようもないのに？

目の粗《あら》いフェンス扉からは、中の建設現場の様子が窺えた。資材の山、止まった重機、組みかけの足場、仮設トイレなどがごちゃごちゃと入り乱れ、視界が悪い。日が落ちかけて薄暗くもある。三人でフェンスにとりついて奥に目を凝《こ》らしていると、ドンッと内側から何か叩きつけるように、プレハブの壁が揺れた。――近い。五メートルもない。

思わずフェンスに顔をくっつけて、震源を探す。佐藤は、……いない。

だというのに。あたりには、誰の姿もないのに。ひっ、ひっ、と声にならない喘《あえ》ぎと、荒い息遣いだけが響いてくる。

はあはあはあ。はあはあはあはあ。

ドン、ドンドン、ドン。

薄い壁は幾度も揺れ、誰かが縋っているように、同じ箇所がベコベコとこちらに向けてたわんだ。次いで、どさりと何かが地べたに倒れ込む音。転がった石が囲いにぶつかる音。

「うわああ痛《いて》ぇ、いてえよお、ころっ、殺される。殺される」

やっぱり……誰かに、襲われている！

わたしはますますフェンスに顔を押し当てて、佐藤がいるべき場所を凝視した。けれど、どう見ても、そこに人影はなく。工事現場特有の瓦礫《がれき》や砂利《じゃり》の入り混じった地面を、街灯が冴《さ》え冴《ざ》えと照らすばかり。

ただ、あたかも内側から何かが倒れかかってくるように、白い囲いだけが、べこん、べこんと勝手に膨らんでいくのだ。

「――佐藤さん！　聞こえますか⁉」

「おいっ、佐藤ディレクター！　佐藤！　どこおんねん!!」

「返事してください！　冗談キツいっスよ……！」

　囲いのすぐ外側に回り込んで呼びかけ、こちらからもがんがんと叩いてみるが、ひっ、ひっ、ひっ、と短い呼吸音が返るばかりで、聞こえている様子はない。どうして。ありえない。ごく薄い壁一枚隔てただけなのに。

「と、とりあえず、け、警察……！」

　わたしは震える指でスマホを出した。が、いくらホームボタンを押しても、画面が真っ暗でつきやしない。充電は切れていないはずなのに。

「すみません、誰か！」

　道行く人にも協力を頼もうと、ひと声叫んで振り返ったが、夕暮れの道は、やはり人っ子ひとり見当たらなかった。

　あれほどうるさかった蟬の声も、いつの間にかピタリと止んでいる——

「な、なんで……」

　切れ切れの悲鳴以外、音のしない空間。誰もいない通り。

　まるでわたしたちのいる場所だけ現実から切り離されてしまったような、異質な空気が満ちている。

「……ファイルや」

舌打ちした田所さんが、はっと何かに気づいたように呟いた。彼はそのまま身をひるがえすと、来た道を一目散に駆け戻っていく。驚いたのはわたしだ。

「ちょっと、田所さん！　どこ行くんですか⁉」

「会社戻って、ファイル消してくる！」

「えええ⁉」

一瞬、パニックが極まって理性が吹き飛んだのかと思ったが、振り向いた顔を見て考えを改める。

そうだ。あの『引き継がれ書』が本当に関係しているのかわからないけれど、――思いつく原因は、それしかない。

＊

お腹を押さえながら、田所さんの背を追うように薄暗い道をできるだけ急いで戻り、オフィスビルに駆け込む。「置いてかないでくださいよ！」と村上くんも半泣きでついてきて、三人揃って田所さんのパソコンの前につめかけた。

電源を入れ、画面が立ち上がるまでの時間がいやに長い。起動までのいくつもの過程を、今ほど煩《わずら》わしく感じたことはない。

薄暗く静かなオフィスに、三人分の荒れた息遣いだけが満ちる。音がない。会社までの道でも、廊下でも、奇妙なほど誰にも会わない。

――るるるるる。

やっとパソコンが動き始めた途端、机の前にある電話が鳴りだした。

大きな音に飛び上がるわたしに、即座に「取ったらあかんで！」と注意するなり、田所さんが次々にディレクトリを開いていく。

最後に現れた『引き継がれ書』は、呆《あき》れるほどいつもどおりの姿でそこにあった。そっけない、文書ファイルを示すアイコン。

カーソルを合わせ、かち、と削除を選択する。『本当に削除しますか？』の確認に、ためらいもなく『はい』を押す。

るるるるる。

るるるるる。

作業バーが表示され、じわり、じわりと削除処理が進む。やけに遅い。その間、電話は絶えず鳴り続けていた。わたしたちは無言のまま、ただじっと身を寄せ合って、待つ。非難めいたコール音から気を逸らすように、はっ、はっ、と誰のものとも知れない呼吸にのみ耳をそばだてながら。

やがて、処理は九十パーセントまで完了した。

「あと、ちょっと……！」

村上くんの呟きに、知らず胸につっかえていた息を、ほっと吐き出す。

その瞬間だった。


――ドンッ。


鈍い音とともに目の前にあらわれた光景を、わたしは一生忘れることはないだろう。

作業バーの向こう。パソコンの画面の奥から。

赤い、赤い色の手のひらが。

べったりと、わたしたちを糾弾《きゅうだん》するように叩きつけられたのを。

ドンッ、ドンッ。

べたん、べたん、べたん、べたん、べたん。

まるで、窓ガラスを外から叩くように。いくつもの赤い手が、パソコンの中からこちらに叩きつけられる。混乱を極めた頭では、何が起こっているかわからない。声が、出ない。

ドンッ、ドンッ。

同時に、オフィスに並ぶすべてのパソコンから響き始めた音に、わたしたちはますます身を寄せ合った。

反射的に、隣のパソコンの画面を見る。見てしまう。その隣も。

すべてのパソコンが、触れてもいないのに勝手に電源が入っていた。そして、そのいずれもで、画面の内側から、同じように赤い手が叩きつけられている。

消している最中のはずの『引き継がれ書』が急に開かれ、かちかちと、自動的に、あの赤い文字が綴られていく。


『なんでなんでなんでなんでなんでなんでなんでなんでなんでなんで』


るるる、るるる。どん、どん、どん。

電話は、まだ鳴り続けている。画面の中から、無数の手もわたしたちを責め苛《さいな》み続ける。

単純な疑問の言葉を何行にもわたって書き連ねていたテキストは、やがて、その文言を変更した。

『ゆるさないゆるさないゆるさないゆるさないゆるさないゆるさないゆるさない』

心臓はもう、早鐘なんてものじゃない。胸腔《きょうくう》を転がるように暴れ回り、肋骨を軋《きし》ませる。

呼吸ができない。思うように動かない身体で、とっさにわたしはお腹を押さえた。

たすけて。ちがうんです。

たすけて。そんなつもりじゃなかったんです。

この子がいるんです。ごめんなさい。おねがいだから。ゆるしてください。

——早く、消えて！

永遠にも等しい時間のあと。

やがて、ぽん、と軽い音を立てて、処理が済んだことを示すポップアップが表示される。

それはまるで、地獄に下ろされた蜘蛛《くも》の糸のようだった。安堵のあまり、ほっと息がこぼれる。

「お、終わった……？」

誰ともなしに、そう呟いたところで、ずっとけたたましく鳴り続けていた電話が、不意にピタリと止まった。そして、耳もとに、ふっと囁きが落ちる。

『……あとちょっとだったのに』

「!?」

それは果たして電話からだったのか。

ぎょっとして振り返り、周囲を見まわしてみたが、薄暗いオフィスには、わたしたちの他には誰の姿もなかった。

窓を見る。誰の影もない。

当たり前だろう。ここは四階だ。

ただ、いつから聞こえ始めたのかわからない蝉の大合唱が、窓ガラス越しに再びミンミンとうるさくこだまするばかりだった。

＊

「なんだったんでしょうねえ、あれ」

翌日。

わたしたちはいつものカフェで恒例のランチミーティングを開きながら、前夜の出来事について語っていた。

結局あのあと、会社から飛び出して、改めて工事現場に駆けつけてみたが、佐藤の姿はなく、悲鳴も聞こえなくなっていた。

仕方なく、迷いつつも佐藤の個人携帯に電話をかけてみると、――彼は普通に出たうえ、ものすごく虫のいどころが悪かった。安否確認をとろうとする田所さんに「るっせえ！こっちは大変だったんだよ！　大した用もないのにかけてくんじゃねえ！」と怒鳴るなり叩き切ってしまった。耳もとで大声を出された田所さんは肩を竦めていたが、三人で呆然と顔を見合わせているうちに、「わたしたちも帰ろうか……」と、自然と解散する流れになったのだ。

なお、その後もスマホでニュースサイトやニュース番組などをずっと見張っていたが、あの工事現場付近で通り魔が出たという話はなかった。

その日はもう家事が手につかず、結局深夜に夫が帰ってくるまでニュースを流し見ながらボンヤリと過ごすはめになったが、いささかグッタリしつつ「ごめん、夕食作ってない」と謝るわたしに「ちょうどいいや、子供生まれたらなかなか行けなくなるし！」とのたまった彼と二人で、そのまま近所まで深夜焼肉に繰り出す流れになった。背徳的なお誘いは、普段ならさすがに断っただろうが、妙に魅力的に感じられた。

網の上でピンクからこげ茶に色を変えていく肉を見つめ、香ばしいにおいをかぎ、じゅうじゅうと美味しそうな音を聞いていると、なんだかその現実感というか、日常じみた感じが妙に胸に迫って、わたしはぼろぼろ泣いた。

どうしたんだと驚いて心配する夫に、わたしは「靴下くらい洗いカゴに入れろ」「食べた皿くらい洗え。言わないとわからないか」と日ごろの不満を一気にぶちまけていた。

「ごめん、今後は絶対気をつける。他に、不満でも希望でもなんでも言って、受け止めたい」と恥じ入って謝る彼に、わたしはわたしで、忙しいからどうせ無理なのだろうなあ……と何かを要求する前に勝手に諦めてしまっていた自分に気づいたのだ。お互い反省することが多いね、と肩を竦めて笑い合いながらつついた肉は、とても美味しかった。

昨日の出来事は、わたしに関しては少なくとも以上である。しかし、田所さんや村上くんのほうでも、特に変わったことは起きなかったらしい。

狐《きつね》につままれたような、とはこのことだ。

――ただ、昨日電話に出た佐藤だけは、まるっきり無事ではなかった。

今朝、いつになっても出勤してこないので、仕方なく「そろそろ、もう一度電話かけてみたほうが……」と相談していたところ、なぜか総務から連絡があったのだ。

なんでも彼は、昨夜、ちょっとした事件を起こしていたらしい。

――〝帰り路、工事現場の前を歩いていたら、いきなり誰かに腕を掴まれ、フェンス扉の内側に引きずり込まれた。そのまま襲われたので、あたりを逃げ回った〟

本人はそう主張しているらしいが、――すさまじい悲鳴を聞いて駆けつけた通行人の証言では、彼は無人の工事現場の中を、何事か叫びながら転がり回っていたそうだ。尋常《じんじょう》ではないその様子に、真っ先に呼ばれたのは救急車ではなく、警察だったという。

おかしい。フェンス扉には、確かに錠前がかかっていたように思うが。それだけではない――佐藤は、よほど囲いを強く引っかいたのか、両手とも爪がほとんどすべてはがれていた、と。

『生爪を順繰りに全部剝ぐ』

それを聞いてまず思い出したのは、『引き継がれ書』にかつて書かれた仮想拷問のひとつだが、わたしはそれ以上深く考えるのをやめた。

そういうわけで、彼はもちろん、今日は会社を休んでいる。おかげで、とても平和だった。

「なんやったんやろなあ。……佐藤も、そら怪我したんは気の毒やけど、事件に巻き込まれるどころか、一人芝居で変なことすんなって警察からお小言喰《く》らっただけやって話やし。

むっちゃ心配したのに損したわ」

「他に誰もいなかったらしいから、通り魔に遭ったわけでもなかったらしいし……あれ、夢じゃないっスよね？」

「こうして全員覚えてるんだし、夢じゃないと思いますよ。実際に『引き継がれ書』も消えてましたしね」

甘辛い生姜《しょうが》焼きをつつきながら、わたしは田所さんと村上くんに相槌《あいづち》を打った。

結局、あれがなんだったのか、一連の事柄とあのファイルとはどういう関係にあったのか。全部わからずじまい。

現に佐藤は無事ではないけれど生き延びていて、事件になったわけでもなく、すべては何事もなかったかのように、なんの変哲もない日常の一部になった。

こんなことなら見捨てておけばよかったですかね、と。

不意に口からこぼれかけた毒を、わたしは呑みこんだ。それだけは、いけない。いかに嫌な相手でも、怪我だって負ったのだし、言ったが最後、わたし自身に傷がつく呪いだ。

そして、改めて内省する。

佐藤が困った問題を起こすのは、たぶん今後も続くだろう。それこそ、「あの時、見なかったふりをすればよかった」と思う日さえ来るかもしれない。

でも、昨日の一件に関して言えば、少なくとも、わたしたちの行動は間違ってはいなかった……はずだ。明らかに目の前で死にかけているかもしれない人を見捨てるのは、やっぱりどうしてもできない。

それに――

「なんやスッキリせん話やったなあ」

「……現実ってそんなもんなんスかねえ」

「悟ったこと言うねえ、村上ポールくん」

「だからポールってやめてくださいってば。第一、ボクはもうすぐポールじゃなくなる予定で……あ、そうだ」

お二人に言っとかないといけないことが、と。不意に村上くんは姿勢を正した。

「急なんですけど。ボク、この会社辞めようと思うんス」

「えっ！」

びっくりして二の句が継げないわたしに、彼は頭をぽりぽり掻いた。

「といっても、昨日の件があったからいきなりってわけじゃなくて、……前から考えてはいて、転職準備とかもちょいちょいやってたんスけど。まあ、決心がついたというか」

不健全だなあと思ってたんですよねえ、と。彼はこぼした。

「佐藤自身はもちろん悪いんスけど……むしろ佐藤みたいなのを飼っておかないといけない、この会社の体制が、そもそもなんか歪んでるなあって」

たしかに、妊婦のわたしを厄介がって佐藤処理班に回したことといい、佐藤に抜本的な対処をしないせいで歴代社員のストレス発散ファイルである『引き継がれ書』があれだけの分量たまっていたことといい、この会社そのものが、根深い病理を抱えている。

「この会社の病んでるところが変わらないと、結局は何も解決しないわけでしょ。でも、だったら自分がその歪みを真っ向から正してやろう！　みたいな愛社精神や情熱が自分にあるかっていうと、……それはないんスよ」

だったらもう、会社にとっての異分子は自分だ。

苦境にめげず踏みとどまって頑張ること自体は、悪いとは言わない。けれど、人を呪わないと精神の安定が保てないなら、それは逃げ出したほうがいい。大きな会社だし、福利厚生はしっかりしているし、心残りがないといえば嘘になるが。

「そうか。なるほどなあ。……なんや先越されてもうたな」

村上くんの告白に、田所さんがため息をついている。

「先を越されたって？」

「へ？　うん、俺も会社辞めるつもりやってん。理由はまあ、……さっきポールくんに、ぜーんぶ言われてもうたわ」

へらっと笑う田所さんに、「あー、それは……」とわたしも気まずげに笑った。

「じゃ、わたしも先を越されたってことになるのかな……」

「えっ」

目を泳がせて告げると、田所さんと村上くんの声がきれいに重なった。

「とはいえわたしの場合は、タイミングを見て辞めたら、しばらくは育児と家事に専念するつもりだけど……」

実は昨日、焼肉をつつきながら、わたしは積もり積もったあれこれを夫に打ち明けがてら、仕事を辞めたいと相談した。それに対して彼は、産休を待たず退職することについて何か言うでもなく、「もちろんだ」と手放しで賛同してくれたのだった。

子育てからのリターンで転職するのは、なかなか難しいとは知っている。気長な戦いになるだろう。正しい選択かどうかなんてわからない。次の職場が今よりもいいところだという保証もない。

「けどまあ、どこに行こうと、結局いろんな問題がつきまとってくるのは変わらないですから。それなら、多少なりとも納得感のある働き方を選びたいですし……」

どんな苦難があろうと、妊婦をブラック部署に飛ばすブラック企業より絶対マシだ、というのが正直な気持ちだ。パワハラセクハラマタハラの挙句にあんな怖い目にまで遭って、もう何も恐ろしくない。だから今は不安より、何があろうと次は妊婦にも子持ちにも優しいホワイト企業に転職してやるわ！　という闘志のほうが漲《みなぎ》っている。

「あれこれ吹っ切れちゃって、逆によかったかな、なんて。……お二人には、妊娠中でたくさんご迷惑おかけしてすみませんでした。それもあとちょっとってことで」

もはや言い慣れてしまった謝罪フレーズとともに頭を下げると、田所さんと村上くんは、なぜか戸惑ったように顔を見合わせた。

「あんな、相馬ちゃん。俺ら、迷惑なんてかかってへんで。というか思てへん」

「え？」

田所さんの言葉に、わたしは顔を上げる。

「俺も、今まで豚のことで頭いっぱいで、相馬ちゃんに大事なこと言えてへんかったなって。新しい命が生まれるんて、実はほんまえらいこっちゃで。改めて……おめでとうな」

はっと息を呑むわたしに、村上くんも頷いてくしゃりと笑った。

「ぼ、ボクもそう思ってました！　お腹にもう一人いるって、もうそんだけでムチャクチャ重労働じゃないスか、たぶん。なのに毎日頑張って会社に来て、すごいなって」

——二人の照れくさそうな、でも心からの祝福や労《いたわ》りだとわかる言葉に、わたしは熱を持った目がしらから、しずくがこぼれかけるのを必死に堪《こら》えた。

わたしは、いつでもわたしなりの全力を尽くしてきた。その点については自信を持つべきなのだ。この会社に入ってから、仕事にも環境にも恵まれないことはあったし、心ない言葉をかけられることもあった。でも、充実して楽しかったことだってたくさんあるし、こうして今は目の前に、純粋であたたかな気持ちをくれる人たちもいる。

無駄に費《つい》やしたものなど何ひとつない。なぜなら今のわたしは、そうした時間や関係性の積み重ねの上に生きてきて。これからも、生きていくのだから。

産休に入るまで、あと三カ月ほどある。

たぶんそれまでには、順次わたしたちはいなくなっていくのだろう。あの、豚小屋から。

わたしは苦笑すると、目立つようになってきたお腹を撫でた。すると、応《こた》えるように、こん、と内側から蹴られた気がして、目を瞠る。

「あ、動いたかも」

「え！　マジすか⁉」

「これは帰ったら旦那《だんな》さんに報告やな。なんや悪いなあ、俺らが先に知ってもうて」

そうして久しぶりに、毒の抜けた明るい顔で、わたしたちは競うように笑い合った。

「災難ですよねえ。こんなとこ来るハメになっちゃって、もう」

――同僚の小さな呟き声が鼓膜を打ち、僕は目をしばたたいた。心を読まれたのかと思ったのだ。

そして、今、僕自身が置かれた不本意な現状を、改めて思い知る。

ああ、そうだとも。まったく、ツイてないにもほどがある。

前の部署で大きな失態をやらかした僕は、先日ここに飛ばされてきたばかりだった。なんでも、前任がトントンと三人とも立て続けに退職していったせいで、急遽、シーズンでもないのに異動が必要になったらしい。

そしてここは、噂によれば、配属されたが最後、みんな例外なく病んでいく闇部署だそうだ。社内誌の作成なんてチョロい業務もいいところなのに、どうしてそんな話が出ているのかは、来て数日で早くも理解しつつある。

ヒラの席のかたまりから少し離れたところにある佐藤ディレクターの机を見て、僕は寄せすぎて凝り固まった眉間を揉んだ。今は外していて空席だが、いずれそこにヤツが戻ってくることを思うと、もう気が重い。なんであんな有害ブタ野郎を飼い続けてるんだ。いずれ業者に卸《おろ》してハムにするにも、歳食いすぎだぞ。どうしたわが社。

「前任がみんな一気にやめてったのもわかる気がします……なんであんな豚がしつこく生息し続けてるんだよって感じ……」

たまらず呟く僕に、僕の隣席に座る、やはり一緒に配属されたばかりの、若い女性の同僚は、「ところで、今ちょうど佐藤が外してるし……」と、ちょっといたずらっぽい表情で囁いてきた。

「さっきメールでアドレス送ったんだけど、あたし、面白いファイル見つけちゃって」

「面白いファイル？」

「なんか、前までここにいた歴代の先輩方の、負の遺産ってやつ？　佐藤が今までやらかしてきたアレコレと、あいつがいかに嫌われてきたかがマジよくわかりますよ」

パスとかとくにかかってなかったし、せっかくだから継ぎ足して使っちゃいましょうよ、と不思議なお誘いをかけてくる同僚に促《うなが》されるまま、僕はメールソフトを起動し、指定された共有フォルダを開いてみた。

かちかち、とクリック音が幾度か鳴ったあと、現れたファイル名に、僕は首を傾げた。

「なんだこれ。……『引き継がれ書』？」

※この作品はフィクションです。実在の人物・団体・事件などにはいっさい関係ありません。

集英社オレンジ文庫をお買い上げいただき、ありがとうございます。
ご意見・ご感想をお待ちしております。

● あて先
〒101-8050　東京都千代田区一ツ橋2-5-10
集英社オレンジ文庫編集部 気付
夕鷺かのう先生

今日は天気がいいので上司を撲殺しようと思います

集英社 オレンジ文庫

2019年1月23日　第1刷発行

著　者　夕鷺かのう
発行者　北畠輝幸
発行所　株式会社集英社
〒101-8050東京都千代田区一ツ橋2-5-10
電話【編集部】03-3230-6352
【読者係】03-3230-6080
【販売部】03-3230-6393（書店専用）
印刷所　株式会社美松堂／中央精版印刷株式会社

※定価はカバーに表示してあります

ISBN 978-4-08-680234-5 C0193